Giungla Gialla Milano

Roberto Ottonelli

Il buio della ribalta

Un assassino senza pace nella periferia milanese

MURSIA

Immagine di copertina: © Fer Gregory/Shutterstock.com

La collana Giungla Gialla è diretta da Fabrizio Carcano.

www.mursia.com

Per informazioni e commenti sulla collana:
giunglagialla@mursia.com

I edizione 2024

LA MORTE

Per ogni cosa c'è il suo momento, il suo tempo
per ogni faccenda sotto il cielo.
C'è un tempo per nascere e un tempo per morire,
un tempo per piantare e un tempo per sradicare le piante.
Un tempo per uccidere e un tempo per guarire,
un tempo per demolire e un tempo per costruire.
Un tempo per piangere e un tempo per ridere,
un tempo per gemere e un tempo per ballare.
Un tempo per gettare sassi e un tempo per raccoglierli,
un tempo per abbracciare e un tempo per astenersi
dagli abbracci.
Un tempo per cercare e un tempo per perdere,
un tempo per serbare e un tempo per buttar via.
Un tempo per stracciare e un tempo per cucire,
un tempo per tacere e un tempo per parlare.
Un tempo per amare e un tempo per odiare,
un tempo per la guerra e un tempo per la pace.

Qoelet, Capitolo 3, 1-8

Come nasce un futuro serial killer?

Marco Bordoni

Mi chiamo Marco. Ho quasi otto anni. Papà è sempre arrabbiato perché dice che a lavoro ce l'hanno tutti con lui, sono degli incapaci. Lui urla sempre, se cade un bicchiere d'acqua sulla tavola, oppure se la mamma gli chiede consiglio per un posto dove deve andare. Lui le risponde, ma lei dice che non c'è bisogno di fare il giro del mondo e allora papà inizia a gridare. Le dice che non capisce una madonna, di fare come cazzo le pare. Io lo so che non dovrei dire certe parole, lui invece è grande e può. Io non so se sono d'accordo, ma tanto quello che penso io non interessa a nessuno.

Quando viene qualcuno a cena, ordina alla mamma di andare a prendere da mangiare, da bere, che non deve far aspettare gli ospiti. Secondo me è solo una scusa così i suoi amici gli riempiono il bicchiere di vino. Lui beve, e beve anche se la mamma gli ripete che gli fa male. Lui ride e gli amici gli danno una pacca sulla spalla e si trovano sempre d'accordo sul fatto che le donne non capiscono un'ostrega. Le mogli sono lì davanti e non protestano, alcune volte ridono pure loro e io non lo so come funzionano i grandi. Quando restiamo da soli, la mamma dice a papà che non la deve trattare come una cameriera davanti a tutti e lui le risponde di non rompere i coglioni.

Però quando papà beve ha sempre gli occhi mezzi chiusi, non capisco bene cosa dice perché si mangia le parole. Se ha esagerato, già nel corridoio si appoggia al muro per non cadere e arrivare in piedi al letto, e poi non lo sentiamo fino al giorno dopo. Ma se una volta tanto la mamma riesce a fermarlo prima, quando tutti vanno via lui si arrabbia per davvero e lì sono dolori.

Da un po' di tempo ha iniziato a usare la cintura dalla parte della fibbia. Era una parola che non conoscevo, adesso la conosco. Un pomeriggio ero in cucina e stavo aiutando a lavare i piatti. Mi è caduta dalle mani una tazzina che è finita in mille pezzi. Lui è entrato e mi ha tirato uno schiaffo prendendo la rincorsa. Sono caduto per terra, ma non ho avuto nemmeno il tempo di sollevarmi che ho sentito un male fortissimo alla schiena. Bruciava, facevo fatica a respirare. Ho iniziato a tossire. È arrivato un altro colpo, allora mi sono girato per capire cosa stava succedendo.

«Mi vuoi sfidare? Adesso girati e prenditi quello che meriti!»

Aveva la bava intorno alla bocca e subito prima di sentire un altro colpo ho visto proprio la saliva sollevarsi verso l'alto e ricadere. Non ho potuto vedere dove ha finito la sua corsa perché ho sentito un rumore, poi una specie di *crack.* Non sentivo più le braccia e le mani. La mamma è arrivata e ha provato a bloccarlo, almeno penso, perché io non potevo girarmi. Ho immaginato che gli saliva sulla schiena, ma non ne posso essere sicuro perché ero paralizzato a faccia in giù.

«Brutta troia, ne vuoi anche tu, allora? Come preferisci, siete uguali, voi due! Subumani del cazzo!»

Ho imparato un sacco di parole nuove che non so se un bambino della mia età conosce: io sì, le conosco.

Non se la prende solo con me, anche la mamma ha la sua dose. Lei piange sempre, forse crede che io non la senta, ma sono lì. Ogni tanto siamo per terra tutti e due e ci esce sangue dal naso o dalla bocca, allora il giorno dopo non vado a scuola. Quando poi ci torno, la maestra dice che devo stare un po' più attento e non cadere tutte le volte. Io vorrei farlo, ma non posso raccontarle che non è questa la verità.

Faccio la seconda elementare al Travaglia. Prendo il pullman da solo tutte le mattine in via Fermi. Ci sono tutti i bambini della mia zona, un po' del mio lato che è Corsico, un po' dell'altro che è Cesano Boscone, ma non sono miei amici, da nessuna delle due parti. Io non ho amici, anche se non sono un bambino cattivo.

La maestra Bottoni, che è un po' anziana, mi fa sempre i complimenti, però papà dice che quella non capisce niente perché sono una mezza sega. Ho imparato le tabelline e gliele volevo far sentire, ma mi ha detto di andare in camera mia perché a lui non frega un cazzo.

Mi piace giocare a calcio e passo tante ore sotto il portico con il mio amico pallone. Lui non si arrabbia mai con me, anche se non sempre fa quello che voglio. Non sono tanto bravo, ma almeno ci provo. Vorrei imparare a palleggiare. Sono riuscito a sollevare la palla da terra, ma cade di nuovo dopo al massimo due tocchi. Un ragazzo grande che si chiama Giovanni mi ha detto che sono scoordinato. Io gli ho chiesto cosa vuol dire e lui mi ha fatto vedere. Mentre mi imitava, era tutto storto e non riusciva a controllare la palla. Poi lo ha fatto bene e mi ha spiegato come si fa. Lui è molto bravo, ma per me è forse troppo difficile.

«Guarda che lo so cosa pensi, che non puoi riuscirci.»

«Hai detto tu che sono scoordinato.»

«È una cosa che si può imparare, come tante altre.»

Io ho creduto a Giovanni che per una settimana, tutti i pomeriggi, è rimasto con me sotto il portico. Ho provato e riprovato finché sono riuscito a fare dieci palleggi di fila. Ero felice, ci ero riuscito. Anche perché era la prima volta che qualcuno si interessava a me, non per chiudermi dentro un sacco della spazzatura e prendermi a calci, pugni e sputi per tutto il cortile come avevano fatto Gigi, Raffaele, Maurizio e Antonio.

«Adesso vai avanti da solo, non accontentarti. Volevo soltanto dimostrarti che niente è impossibile.»

Ci ho messo tutto l'impegno, ma non sono mai stato capace di fare più di dieci palleggi. Quando mi sembra di potercela fare la colpisco sempre nel modo sbagliato e cade troppo lontano, dove non posso arrivare. Non importa, tanto sono abituato a non essere capace.

La mamma racconta spesso un episodio. L'anno scorso siamo stati al matrimonio della sua migliore amica. Eravamo in una specie di castello che a me è piaciuto tantissimo. La festa è durata quasi otto ore e io non mi sono mai mosso da tavola. Ero imbambolato a immaginare una storia fra un principe e una principessa, la vedevo dentro la mia testa, ma non l'ho detto a nessuno. Già pensano che sono un po' strano. La mamma ha raccontato entusiasta alla maestra Bottoni quanto sono stato bravo, ma lei le ha risposto che non è tanto *sano*, dovevo giocare con gli altri bambini della mia età, ce n'erano tanti. La mamma dice che forse ha ragione, però non voleva fare brutta figura, perché eravamo l'unica famiglia normale in mezzo a gente molto importante. Io non lo so chi è la gente molto importante, perché uno è normale e un altro no. La mamma mi ha spiegato che è una questione di prestigio. Papà ha sentito quello che dicevamo e mi ha messo una mano sulla spalla, una cosa che non aveva mai fatto.

«Guardami bene negli occhi: non ascoltare le pirlate che blatera quella lì, la verità è che si vergogna di noi, di me e di te.»

Volevo fare un sacco di domande, ma siccome sapevo che si sarebbe arrabbiato tantissimo ho preferito stare zitto. Molto meglio, così almeno non gli ho dato una scusa, anche se di solito non servono.

La mamma aspetta il fratellino e io sono contento, l'ho desiderato tanto. Magari quando diventerà grande mi potrà aiutare o papà se la prenderà un po' anche con lui, non solo con me. Lo so che è un pensiero un po' brutto, ma ha le mani pesanti e quando mi picchia fa tanto male.

La mamma racconta a tutti che stavamo andando con il treno in Sicilia dai nonni quando mi sono appiccicato al finestrino del vagone letto e l'ho chiamata, mentre con il dito indicavo una famiglia che era davanti a me sulla banchina. C'era un bambino che ne teneva per mano uno più piccolo.

«Vedi? Lui ha un fratellino, io non sono il fratellino di nessuno.»

Io non volevo più la sorellina dopo quella che era volata in cielo dalla pancia della mamma. Non ho mai capito come funziona questa cosa, ma meglio non chiedere perché tanto sono troppo piccolo e non posso capire. Mi hanno detto che si chiama Stella ed è il mio angelo custode, che se ho bisogno di aiuto posso chiedere a lei e stare tranquillo. Io non so se c'è davvero, oppure se era troppo piccola quand'è nata per riuscire a fermare papà quando si arrabbia. E questo mi fa tanto male. Io le chiedo solo questo, però non funziona mai. Quando sono a terra e non riesco a muovermi penso che Stella è lì con me e sento un po' meno male. La mamma mi ha detto che devo recitare l'Eterno riposo perché così la mia sorellina è contenta, allora lo dico tutte le sere prima di dormire.

Stiamo per partire per le vacanze in Trentino, all'Hotel Salvadori, che a papà piace tanto perché si mangia bene e può riposare. Io sono contento perché almeno posso giocare con Maddalena, la figlia dei proprietari, che mi fa morire dal ridere perché corre sempre con il suo pannolino e i capelli lunghissimi! C'è la babysitter e io posso stare con loro. Ogni tanto penso che dovremmo vivere a Mezzana, perché è l'unico posto dove papà non si arrabbia quasi mai.

Ho sempre paura quando dobbiamo caricare i bagagli in macchina, perché sulla Fiat Ritmo non riesce mai a farci stare tutto.

«Questa è colpa di tua madre! A che cazzo le servono tutte queste pirlate? Solo per far girare i coglioni a me!»

Siamo in mezzo al cortile, ma sono tutti abituati a

sentirlo urlare. Sembra non farci più caso nessuno. Io non posso.

Il vero motivo per cui sono contento è un altro, almeno non vedrò Gigi per un po'. Non posso dimenticare quel pomeriggio quando siamo scesi dalla zia Antonietta.

Ho preso il pupazzo di ET-telefono-casa dalla mensola sopra al letto di Gigi per schiacciargli la schiena e sentir gracchiare «caaasa». Mi fa ridere perché si allunga il collo, anche se la mamma mi ha proibito di vedere il film. Secondo lei mi potrei impressionare. Non posso vedere l'*Uomo tigre* o *Drive In*, ma nemmeno sentire le canzoni di Elio e le storie tese perché dicono le parolacce. Tanto io la violenza non me la devo mica immaginare.

«Faremo un gioco che però non dovremo condividere con nessuno. Devi giurare che non ne parlerai, anche perché se no sai cosa succederà. Se farai quello che dico, ti lasceranno tutti in pace per un po'.»

Non sapevo cosa voleva, ma ero sicuro che aveva avuto qualche altra delle sue idee, che per me non erano mai belle. Le mamme stavano chiacchierando tranquille in cucina.

«Perché hai chiuso a chiave? Farò quello che vuoi, però... apri, per favore.»

«Meglio così, fidati. Non ti succederà niente di male se farai il bravo.»

Senza aggiungere altro si è tirato giù i pantaloni ed è rimasto in mutande.

«Fai come me.»

«Non mi piace questo gioco, voglio andare di là, ho paura.»

«Sai cosa ti succederà se non fai quello che dico.»

Lo sapevo. Ha portato le mani in basso e ha tirato fuori il pisellino, tenendolo con due dita.

«Bacialo.»

Stavo male, non capivo bene cosa stava accadendo, sentivo che si trattava di qualcosa di sporco, di proibito, da non fare assolutamente.

«Voglio andare via!»

«Non farmi perdere tempo, ti ho detto di baciarmelo, non c'è niente di male. Quando diventerai più grande capirai che è una cosa bella, un regalo che ci scambiamo.»

«Perché hai chiuso la porta se non c'è nulla di male?»

«Per proteggere te. So che non è facile, però puoi fare questa cosa per me, vedrai che non te ne accorgerai neanche. Quando avrai finito io farò lo stesso, così capirai che dico la verità.»

«Perché non lo chiedi agli altri?»

«Lo fanno già tutti, voglio condividerlo con te. Entri a far parte del gruppo, lo capisci?»

Volevo gridare, provare a scappare, ma tanto non ci sarei riuscito, lo sapevo.

Mi sono appoggiato e ho avvicinato le labbra come mi aveva chiesto.

«Hai visto che non ti è costato niente? Adesso accarezzalo!»

«Avevi detto che dovevo dare un bacio e l'ho fatto, adesso basta.»

Mi ha preso la mano e l'ha passata su quel coso; ho chiuso gli occhi e ho pregato, come mi ha insegnato padre Mario a catechismo, per farlo finire più in fretta possibile.

«Adesso lo faccio a te.»

«Non voglio, apri la porta e torniamo di là. Non lo dirò a nessuno, ma non insistere.»

«Volevo solo far capire anche a te che è una cosa bella. Se non vuoi non c'è problema, non sai cosa ti perdi. Magari la prossima volta.»

Sapevo che dovevo ubbidire, tanto... a chi potevo raccontarlo? La mamma mi avrebbe messo in castigo, con la faccia contro il muro all'ingresso, nell'angolino dove passavo buona parte delle giornate. Non era colpa mia, non avevo fatto niente di male. Io volevo stare a casa, non avevo chiesto io di andare a trovare Gigi.

Quando ha aperto la porta mi sono sentito vuoto, come se avesse ragione papà da sempre.

«Lo vedi cosa mi fai fare? La colpa è tua! Perché sei così pirla?»

CAPITOLO PRIMO

LA CONVALESCENZA

Marco Bordoni

Sto per andare a casa, mi aspetta una lunga convalescenza. Dovevo andare in galera, perché è lì che finiscono tutti i serial killer come me, e invece per uno strano scherzo del destino, che per la prima volta in vita mia mi ha sorriso, è andata diversamente.

Ho ucciso undici persone in poche settimane, i miei omicidi in realtà sono dodici, ma quello di mio padre è come dire... derubricato dal troppo tempo ormai trascorso.

Per cui undici vittime. Le ultime sono state la mia dolce fidanzata Paola e lo sbirro, l'ispettore capo Barzagli, fottuto dalla sua stramaledetta ossessione di catturarmi.

Per amor di verità, lui l'ho ucciso per legittima difesa: o me o lui. È morto lui, io mi sono preso una pallottola e mi sono ritrovato in un letto di ospedale.

È andata così e ora esco dalla mia vicenda criminale dalla porta principale, da innocente, da vittima. Proprio io! E i miei omicidi sono finiti sul conto di quel poliziotto invasato che mi dava la caccia e su cui tutti sono pronti a giurare che aveva perso il controllo: il suo vice, l'ispettore Lupatelli, il suo psichiatra, il dottor Fichera, persino sua moglie Nina.

Strano veramente il destino. Mi è andata bene ed è una sensazione nuova, mi fa sentire euforico.

Certo, ho male dappertutto, anche in punti che nemmeno sapevo di avere. Mi sento così stanco che in alcuni momenti è come se il cervello si spegnesse, facendomi cadere in uno stato di disconnessione dal mondo. Gli incubi mi hanno abbandonato, anche se non saprei dire se me ne sia liberato per sempre.

Non capita tutti i giorni di prendersi un colpo di pistola nell'addome e poterlo raccontare, dopotutto. Sapevo che, in un modo o nell'altro, sarebbe finita. Non mi sarei mai aspettato la piega che hanno preso gli eventi, anche se alla fine il bene, il mio bene, ha trionfato. O forse no, ma ho imparato che i confini tra il bene e il male non sono mai così marcati. Potrebbe sembrare una frase di comodo per un serial killer che l'ha scampata, perché questo sono, in definitiva. Non voglio sottrarmi alle mie responsabilità né trovare giustificazioni alle mie azioni. Non ne ho bisogno.

Il viola si è attenuato sul viso della mamma, per tramutarsi in un giallognolo non molto rassicurante. La vedo trascinarsi più stancamente del solito. Ha annunciato trionfante di aver abbandonato le sue inseparabili sigarette, ma le nostre comunicazioni sono state molto superficiali finora. Mi va bene così, per il momento. Non abbiamo ancora parlato anche se so che dovremo farlo, prima o poi. O forse no. Non lo so, è stato tutto così veloce e inatteso che non sono riuscito a farmi un'idea precisa.

Non mi sarei mai aspettato una via d'uscita come

quella che il destino mi ha fornito. Avevo programmato di togliermi la vita, se solo avessi avuto la possibilità fisica di farlo dopo il risveglio dal coma. Ero sicuro che mi avrebbero arrestato e sapevo che non sarei resistito a lungo dietro alle sbarre. La verità è che l'ispettore Barzagli aveva colto i segnali, li aveva messi insieme e, alla fine, aveva compreso. Ed è rimasto solo, proprio come sono sempre stato io. Il confine fra giusto e sbagliato si è assottigliato fino a scomparire. Una vecchia battuta di uno dei miei film preferiti recita: «Vittime, non lo siamo tutti?».

Costretto a letto come sono, ho avuto modo di riflettere a lungo, anche se in questo senso gli antidolorifici non mi hanno consentito la dovuta lucidità. Quello che so con certezza è che si è trattato di un incidente. Per tutti gli altri omicidi che ho commesso c'era un motivo, il mio. Condivisibile o meno, non m'interessa. Quella maledetta sera, invece, è tutto successo con una tale rapidità da non permettermi altro che reagire.

Il dottore è stato chiaro ed è stata anche la prima volta che ho sentito la voce: «Ho firmato le sue dimissioni. Nel fascicolo sanitario le ho lasciato le indicazioni suddivise per settimane. Ho prescritto riposo assoluto per la prima, continuando con un'alimentazione liquida fredda. Non dovrà restare allettato tutto il tempo; potrà iniziare con la fisioterapia a partire dalla terza settimana, le prime due le dovranno servire per rimettere un minimo di energia in un organismo debilitato. L'intervento a cui l'abbiamo sottoposta non è stato uno scherzo, ma considero il decorso post-operatorio molto positivo».

Bravo, i miei complimenti. E tra poco andrai a casa da mammina.

Mi sono guardato intorno alla ricerca della voce, ma non c'era nessun altro oltre al dottore e all'infermiera. La porta alle loro spalle era chiusa.

«Signor Bordoni, che c'è? Cosa cerca?»

«Ha sentito anche lei, vero?»

«Di cosa parla?»

Oh, sì, magari ti rinchiudono per sempre in un manicomio, il posto giusto per te. Digli che mi senti. E anche chi sono.

Non poteva essere. Non poteva essere lui. Eppure lo sentivo.

«Niente, sono soltanto un po' stanco.»

Dalla mia posizione il dottore sembrava un gigante, con mani enormi su cui spiccava un vistoso anello sull'indice destro con uno stemma che non conoscevo. Il suo tono di voce era rilassante, ma io faticavo a restare concentrato a lungo. Avevo già notato che quando c'era lui per il turno di visite spariva l'infermiera acida con i denti sparsi a caso in bocca, stile Maga Magò, e si palesava una mora con le labbra carnose e uno sguardo da cui non riuscivo a staccarmi. Una volta si è chinata per raccogliere la cartella clinica dall'intelaiatura del letto e ho notato una scollatura vertiginosa. Ho sentito salire un'erezione prepotente che non è passata inosservata.

«Bene, vedo che le funzioni organiche sono rientrate nella norma. Immagino che a breve potrà tornare a casa.»

Lei mi ha guardato ritraendosi e mi ha sorriso, con un finto imbarazzo in cui ho letto compiacimento e malizia.

Poi ho scoperto il suo nome, Mara, e ho fantasticato parecchio su di lei. Sognavo di fare l'amore guardandola dritta negli occhi mentre le procuravo piacere. Magari in un'altra vita, in questa ho la sensazione che mi limiterò a tornare nei miei umili panni dimessi di un ultimo con niente da chiedere al futuro.

Natale è passato mentre ero in ospedale. Non che avessi chissà quali aspettative. Le ho perse già da bambino.

Avevo sei anni. Mi alzai per andare in bagno e vidi un'ombra provenire dalla sala. Il cuore sembrò uscirmi dalle orecchie, ma volevo vedere. Mi avvicinai in punta di piedi, abbracciando il mio orso che, chissà perché, mio fratello avrebbe poi chiamato *micio*. Mi sporsi di pochi centimetri e trovai la mamma intenta a sistemare i pacchi sotto l'albero. Non fu la mia prima delusione, figuriamoci, ne avevo già provate tante altre. Si andò solo ad aggiungere alla collezione.

In reparto hanno organizzato una festicciola per chi era in grado di reggersi in piedi. Per gli altri è passato un Babbo Natale *sui generis* a fare gli auguri e a portare un dono simbolico. Io ho ricevuto una penna stilografica. Un regalo di sicuro riciclato, che però mi è parso significativo, come incontrare un vecchio amico. L'ultima volta che ne ho avuta una fra le mani l'ho conficcata nella gola di quella testa di cazzo del capo.

A Capodanno mi hanno alzato lo schienale per farmi osservare i fuochi della città. Dal terzo piano della mia stanza al San Paolo vedevo solo qualche bagliore provenire dai casermoni di fronte. Ho brindato con un bicchiere d'acqua col mio compagno di stanza, un ragazzo finito in mezzo a una rissa fuori dal Puerto Alegre che si è beccato una coltellata per sbaglio, almeno così me l'ha raccontata lui. Non faceva altro che lamentarsi, chiamava in continuazione le infermiere per chiedere di cambiare posizione, di aumentare le dosi di antidolorifico, di sostituire la flebo ben prima che finisse. Gli è andata bene che facessi fatica ad alzarmi dal letto, sennò gli avrei fatto passare la voglia di aprire la bocca a sproposito.

Il primo dell'anno è passata Mara, che si è chinata su di me e mi ha schioccato un bacio sulla guancia augurandomi un buon 2019. Per un istante ho temuto di essermelo soltanto immaginato nel dormiveglia, ma il mio rumoroso amico ha fatto un commento sul suo culo e ha fugato ogni dubbio.

Il giorno delle dimissioni è arrivata mia madre di prima mattina, anche se ancora non avevo ricevuto l'autorizzazione per uscire. Ero riuscito ad alzarmi qualche giorno prima, con lentissime passeggiate lungo il corridoio sorretto da un girello, a cui mi abbandonavo di continuo.

Appena fuori, una folata di vento gelido mi ha centrato in piena faccia. Camminavo ancora a fatica. Dopo solo pochi passi, e molto brevi, mi sentivo già sfinito. La mamma ha chiamato un taxi, che ci ha raggiunti all'uscita principale. Sono riuscito a sedermi sul sedile posteriore come fossi in una sequenza al rallentatore, neanche avessi cent'anni. Il tassista non ha nemmeno provato a fare conversazione, magari non aveva idea di quale argomento potesse interessare uno nelle mie condizioni. Mi sono concentrato sullo scorrere della città congelata fuori dal finestrino. I campi alla fine di viale Faenza erano imbiancati come se avesse appena smesso di nevicare. Il Naviglio sembrava una lunga fumarola.

La mamma si era portata dietro il telecomando del

cancello, in modo da farmi lasciare in cortile, proprio davanti al portone. Durante la convalescenza ho spesso temuto di non potermi più alzare dal letto. Non avevo mai avvertito prima una stanchezza così pungente, totale, tale da impedirmi persino di muovermi.

Varcata la soglia di casa, ero fradicio e felice.

Mi sforzo di alzarmi almeno tre volte al giorno. Mi trascino dal letto al bagno e, dopo una pipì color Crodino, arancio tendente al rosso, raggiungo la sala televisione e mi siedo sul divano. I punti di sutura, che la mamma medica mattina e sera, tirano ancora sulla ferita. Ogni tanto sento salire delle fitte fortissime che mi tolgono il respiro. Sono così pungenti che non riesco a emettere alcun suono. Durano pochi secondi che a me sembrano però infiniti, poi si affievoliscono pian piano.

Fa male, vero? Mi pare il minimo per quello che hai fatto. Lascia stare me, ma... Paola? Cosa ti aveva fatto lei? Erano solo tue fissazioni, lei non aveva capito chi fossi davvero. Lo hai sempre saputo, lo sappiamo tutti e due.

Ci siamo incrociati in circostanze poco propizie solo due volte, ma è una voce che non posso dimenticare, quella dell'unico uomo che mi ha capito e riconosciuto: l'ispettore Barzagli.

Un applauso al nostro mostro! Evviva! Ti piacerebbe essere solo un mostro, vero? La verità è che sono gli uomini in carne e ossa a commettere atti mostruosi. Rassicura l'idea di un essere con i denti aguzzi, la coda e tutto il resto, non trovi?

Non voglio, non posso convivere con un estraneo in testa.

Temo che te ne dovrai fare una ragione. Non meriti nessuna pietà.

Fanculo, tanto sei morto.

La noia mi uccide. Devo trovare il modo di far passare il tempo.

Il cervello funziona spesso in una maniera sorprendente e mi è tornata in mente una persona di un passato lontano. Ale, un omone grande e grosso con cui mi era capitato alcune volte di scambiare quattro chiacchiere alla macchinetta del caffè, uno dei pochi colleghi con cui posso dire di aver avuto un buon rapporto.

In quel periodo non ci eravamo ancora trasferiti a CityLife, stavamo in un vecchio palazzo d'epoca in via Leopardi con vista su piazzale Cadorna. Dalla mia finestra si vedevano l'ago e il filo disegnati da Gae Aulenti, anche se per lunghi anni mi ero sempre chiesto cosa rappresentassero quelle sorte di pali verdi in mezzo alla strada. Non ricordo chi me ne parlò per la prima volta e restai inebetito. No, da solo non ci sarei mai arrivato. Era una vecchia scuola, credo per geometri, con i pavimenti che ballavano a ogni passo e le finestre che sembravano sul punto di cadere alla prima corrente d'aria.

Io ero stato assunto da poco e Ale stava al reparto di assistenza interna: era il mago delle stampanti e di ogni tipo di problema tecnologico che si presentava in ufficio. Non avevamo molto in comune; chissà, forse avendo una stazza simile si sentiva in qualche modo più affine a me rispetto a tutti i «bellimbusti con la cravatta», come li chiamava lui. Una volta mi aveva raccontato di una vacanza non proprio culturale in un paese esotico. Quello che mi aveva colpito di lui era il suo fregarsene di tutto e tutti, dei giudizi sommari.

«Ma qual è il problema? Tutti a fare i puritani perché sono stato con delle donne a pagamento. Perché, chi esce con la fidanzata e le offre la cena, o le regala un viaggio, un anello o chissà cos'altro, non fa la stessa cosa senza rendersene conto?»

Non avevo mai pensato alla questione in quei termini, ma non era del tutto sbagliato.

Una mattina che non dimenticherò mai, appena entrato in ufficio capii che era successo qualcosa di grave.

Ad avvicinarmi e informarmi fu quella che sarebbe diventata la mia Paola, anche se all'epoca non consideravo nemmeno l'idea.

«Ieri pomeriggio c'è stato un incidente. Ale Canu era in moto, si è fermato per fare benzina subito prima del cavalcavia del Ghisallo. Gabri era con lui e ha assistito a tutta la scena. Sembra che abbia perso l'equilibrio quasi da fermo e sia caduto battendo la testa. Non c'è stato niente da fare. So che andavate d'accordo e ho pensato che ci tenessi a saperlo.»

Eravamo davanti al distributore del caffè e mi appoggiai al calorifero rovente, trattenendo a stento le lacrime. Qualche giorno prima gli avevo risposto male, e non ne ricordavo nemmeno il motivo. La mattina precedente lo avevo cercato nel suo ufficio per scusarmi, non volevo che fra noi restasse qualcosa in sospeso, era uno dei pochi a piacermi. «Non ti preoccupare, ti voglio sempre bene!» aveva esclamato lui dalla sua postazione, lanciandomi un bacio con un gesto plateale della mano.

Al cospetto di quella notizia restai impietrito. Mi dispiaceva tantissimo.

Ero rimasto solo, di nuovo.

Era stato lui a consigliarmi *Dexter*. Gli avevo risposto che l'avrei cercato, anche se non lo avevo mai fatto. Preferivo leggere, o altri passatempi. Poi mi era passato di mente del tutto. Forse era l'unico ad aver compreso la mia vera natura e a non avermi giudicato? Eravamo entrambi diversi, ognuno a suo modo.

Non pensavo a lui da tanto tempo, non so perché mi sia risaltato in testa. La maniera migliore per celebrarlo era senza dubbio seguire uno dei suoi ultimi suggerimenti e vedere *Dexter*. Devo dire che fin dalle prime puntate ho percepito una certa affinità del protagonista con me, anche se non vedo percorribile farmi assumere dalla polizia per diventare un esperto ematologo. Ci ho riflettuto e non credo di conoscere il suo oscuro passeggero, non funziona per tutti allo stesso modo. Non è un'esigenza come la sua, anche se la serie solleva molti interrogativi a cui non so se riuscirò mai a dare una risposta. L'idea alla base della serie è che Dexter, dopo aver assistito al brutale omicidio della madre in un mare di sangue, sia stato addestrato dal padre adottivo, un poliziotto, a convogliare il suo istinto omicida nei confronti di chi, in qualche modo, meritasse la morte. Insomma, qualcosa di molto familiare.

«Cosa stai guardando? Non ti sembra di esagerare? Ricordi cos'ha detto il dottore?»

«Finisco la puntata e vado a dormire, non ti preoccupare. Promesso.»

Ho messo in pausa il DVD, meglio non stuzzicare troppo la mamma su un argomento così delicato. Mi sono fatto l'account Amazon e ho comprato il cofanetto che comprende tutte le stagioni.

«Guarda che ho capito cosa stai guardando. Ho cercato su internet. Non posso certo dirti cos'è giusto e cosa no. So che non sei ancora pronto per parlare di quello che è successo, ma ritengo che il momento arriverà, prima o poi. Alla fin fine, tu hai soltanto fatto ciò che io non ho avuto mai il coraggio di portare fino in fondo.»

Che bel quadretto, quasi mi commuovo.

La vuoi finire? Che cazzo vuoi saperne tu di noi?

«Non preoccuparti, dico sul serio. Non credo che ci sia qualcosa di cui parlare. A cosa servirebbe? Quello che conta è che siamo qui e abbiamo superato tutto insieme, di nuovo. Non ce l'avrei fatta senza di te, lo sai.»

Tira un sospiro profondo. La conosco, vorrebbe aggiungere qualcosa. Si blocca, dà un piccolo strattone all'imbragatura che le sostiene il braccio.

«Oh, non lo sopporto più questo coso, non vedo l'ora di toglierlo.»

«Non manca molto. Adesso va' a dormire, anche tu hai bisogno di riposare.»

Mi sento sempre più in forze, oggi è il gran giorno: inizierò la fisioterapia.

Una doccia, poi mi rado. E mi ammiro allo specchio.

Anche la bilancia a modo suo mi ammira. L'ultima volta che ci sono salito oscillava tra i 107 e 108 chili. Adesso, mi hanno pesato in ospedale prima di dimettermi, sono 81. Esattamente come la mia statura: 1 e 81. Ho perso 26-27 chili. Per forza, non mangio nulla di solido dopo il confetto che mi ha spedito in pancia il buon Barzagli.

Guardo lo specchio e vedo riflesso quel Marco che avrei sempre voluto essere. Bello. Sono diventato bello. Fanculo, me lo dico da solo a costo di sembrare un esaltato.

Ho sempre evitato di indugiare troppo sulla mia immagine, adesso è tutto diverso: ho lasciato un pizzetto luciferino appena disegnato, mi piace quello che vedo. Miracolo della dieta forzata, ma non credo sia solo quello: il mio sguardo è profondo, magnetico.

Ho beffato gli dèi.

Ho beffato la morte.

Ho beffato la giustizia.

E sono rinato dalle mie merdose ceneri di sfigato, di perdente, di umiliato da tutti.

Mi spaventa un po' l'idea di rimettermi alla guida. La mia Opel Corsa è rimasta dalla sera dell'*incidente* nel parcheggio del lavoro, a CityLife. Paola si era proposta di andare con la sua perché, dopo il licenziamento che mi aveva comunicato il dottor Sinise, non le sembravo nelle condizioni di guidare.

Una gentilezza che hai considerato confermasse i tuoi sospetti su di lei. Te lo ricordo nel caso in cui tu abbia vuoti di memoria selettivi. Perché sei uno psicopatico del cazzo.

Tranquillo, ho bene in mente tutto quello che è accaduto.

Ho paura che la macchina possa non partire, magari la batteria è andata. Non penso di correre pericoli, è passato più di un mese e a nessuno degli inquirenti, ormai, verrebbe più in mente di controllare se possa esser stata vandalizzata al cantiere in fondo alla via di casa. Le cronache si sono occupate a lungo dell'incendio in cui sono stati rinvenuti i resti carbonizzati di due diversi tipi di stronzi: certo, i giornalisti non potevano saperlo, a differenza mia.

A distanza di tempo, mi rendo conto di essere stato imprudente, accecato da una rabbia incontrollabile. Qualcuno degli operai si sarebbe potuto ricordare dei graffi sulla portiera di una Opel Corsa scura la mattina precedente il duplice omicidio, del fatto che avevo litigato con il capocantiere senza riuscire a ottenere giustizia. Non sarebbe stato così complesso arrivare a me, dopo che gli inquirenti avevano già incontrato mia madre indagando sull'omicidio del pensionato chiacchierone fuori dalla Posta.

A scanso di equivoci, è bene che recuperi la macchina. Andare con i mezzi è fuori discussione, molto meglio un taxi.

Salgo e due occhi da cerbiatto mi inquadrano. Saettanti, attraenti.

Sono sorpreso di trovare al volante una ragazza. E che ragazza: ha due bombe che ballano sotto il maglioncino e un visetto da gattina che… Incredibile, ho la sensazione che continui a osservarmi dallo specchietto retrovisore, ma appena i nostri sguardi s'incrociano sembra distogliere il suo, imbarazzata.

Se il buon giorno si vede dal mattino, niente male il nuovo Marco. Potrei prenderci gusto.

«Mi scusi, devo chiederglielo: lei è Marco Bordoni?»

Non me l'aspettavo... come fa a conoscermi? Sono sicuro di non averla mai vista prima, né mi sembra una cliente da cui potrei esser stato. Me la ricorderei, sono molto fisionomista e quelle tette non le avrei certo dimenticate. Mi ha incuriosito e decido di rispondere con la verità, per vedere dove mi porterà.

«Sì, sono io. Ci conosciamo?»

«In effetti... no.» Io aggrotto la fronte e lei se ne accorge. «Ho letto la sua storia su un settimanale. La fotografia non le rendeva giustizia, è così carino... è diverso, però poco fa ho avuto proprio la sensazione che fosse lei. Mi perdoni, non vorrei esser stata invadente, me lo diceva sempre mia madre...» Inizia a gesticolare, come se avesse detto più di quanto volesse.

«Non si preoccupi. Mi vede sorpreso perché non ne avevo idea. È la prima volta che esco di casa e non ne sapevo nulla. Dovrei magari aggiornarmi di più, non è stato un periodo facile.»

«Caspita, ero sicura che ne fosse al corrente. Mi dispiace di averglielo detto così. Sono rimasta molto colpita dalla sua vicenda. Avevo un amico che è finito in carcere perché un pluriomicida aveva fatto il suo nome e non è riuscito a dimostrare la sua estraneità alle accuse. Sono cose che ti segnano, ma lei non c'entra niente.»

Non comprendo se stia parlando ancora con me o con se stessa. In ogni caso, sono ancora stimolato dal confronto.

«Mi dispiace per il suo amico. Nel mio caso si è trattato di un malinteso che però, a dirla tutta, avrebbe potuto assumere conseguenze assai spiacevoli. Sa che non ci avevo riflettuto finora? Sarei curioso di leggere l'articolo che mi ha citato.»

«Credo che si trovi facilmente in rete. Mi pare che sia uscito su "Cronaca vera". Può controllare.»

«Ecco, non so se...»

«Ha il telefono scarico?»

Non mi sembra il caso d'intavolare una discussione con la tassista rispetto alla mia scelta di non possedere un cellulare. Meglio restare vaghi.

«Non ce l'ho con me.»

«Ah... Se non ha fretta, potrei accostare un attimo e cercare io. Ovviamente, bloccherò il tassametro.»

«Lei è molto gentile, la ringrazio.»

Con una manovra un po' azzardata taglia la strada a un furgoncino che si mette a strombazzare, accostandosi al marciapiede adiacente al Mc Donald's di piazzale Lotto. Ho il cuore in gola perché conosco l'immissione da San Siro, sempre molto trafficata per attraversare la circonvallazione, e chiudo gli occhi in attesa di sentire il rumore della collisione che però, sfidando le leggi della fisica, non si verifica.

La temperatura dell'abitacolo è piuttosto alta, tanto che la ragazza ha lasciato il suo cappotto pesante sul sedile del passeggero. Mi avvicino, alle sue spalle: lei indossa un maglioncino scollato e non posso non approfittare dell'occasione per ammirare in tutto il loro splendore le sue forme prorompenti, mentre lei comincia a smanettare col cellulare. Sono così concentrato a raggiungere l'inclinazione giusta della testa per scovarne i capezzoli da non accorgermi che la verifica è andata in porto.

Impiego qualche secondo per realizzare che mi sta osservando.

Adesso sei diventato anche un maniaco? Ti ha beccato! Voglio proprio vedere come ne esci!

Colto sul fatto, distolgo lo sguardo. Mi ritraggo al mio posto e tento di abbozzare qualche forma di giustificazione alzando le mani, ma resto spiazzato dalla sua reazione.

«L'articolo l'ho trovato, anche se mi pare che tu sia più interessato ad altro. Se vuoi posso lasciarti il numero, stacco alle sei. Così possiamo parlare della tua storia con più calma, o anche no. Dipende. Ah, comunque sono Beatrice, anche se preferisco senza dubbio Bea.»

Le sorrido. Deviazione inattesa della nuova conoscenza.

Non ci posso credere... ma cosa sta accadendo al mondo?

«Be'... perché no? Sono ancora un po' acciaccato, ma non trovo controindicazioni» ammicco.

Guardalo! Fa il fenomeno! Fino a trenta secondi fa eri lì che piagnucolavi come un bambino, adesso vuoi apparire il grand'uomo che non sei mai stato.

Mi sorride compiaciuta. Io sento tirare il cavallo dei pantaloni. Dipendesse da me, le direi di trovare un posto qualsiasi e le salterei addosso, ma meglio non correre. Sarà il fascino di essere salito all'onore delle cronache o l'aver perso quasi trenta chili, sta di fatto che non mi dispiace. Devo controllare l'istinto d'infilarle le mani ovunque. Non sono mai stato bravo a controllarmi, ma devo.

Fallo, non ti fermare. Devi seguire il tuo istinto. Così qualcun altro oltre me si accorgerà di chi sei davvero.

Cerco di distrarmi e noto un gruppetto di ragazzini ai tavoli esterni del fast food. Stanno consumando il loro panino. Mi domando come facciano a resistere a un freddo del genere, benché non abbiano avuto grandi alternative per la scelta del posto da occupare, dato che il gazebo di plastica lì a fianco scoppia di gente.

Capitolo Secondo

Nuova vita

Marco Bordoni

Ho vagato a lungo nei sotterranei prima di ritrovare la macchina. Mi sono sentito spaesato, come se mi mancassero i punti di riferimento.

Dopo aver ucciso il dottor Sinise, che mi aveva appena licenziato, pensavo che sarebbe finito tutto, che mi avrebbero fermato. Non ci sono andato tanto lontano. La mia vita è cambiata in modo inaspettato, come se il destino avesse deciso di darmi una seconda possibilità, anche se ho ancora una grande confusione in testa.

Le senti le stronzate che ti racconti? Il destino ti ha dato una seconda possibilità? Tu davvero non ci stai con la testa.

Non è stato semplice, finché ho notato la mia Opel Corsa in fondo a una corsia del parcheggio che mi sembrava di aver già ispezionato durante il primo giro.

Come cazzo è possibile che Lupatelli, il mio braccio destro, possa essere stato così cieco? Era tutto chiaro, evidente, hai commesso degli errori, non ti è mai fregato niente di non essere preso.

Su questo hai ragione, non era il mio pensiero principale. Ho sempre usato le precauzioni minime, adesso non mi sembra corretto non attribuirmi i giusti meriti. Anche perché, se no, mi avresti scoperto senza problemi, o sbaglio? Stai zitto? Non rispondi? È comodo così!

La Corsa mi ha sorpreso, sono riuscito a metterla in moto al primo colpo, senza nessun problema. Prima di salire ho passato il dito lungo la profonda riga sulla portiera, il ricordo di un atto vandalico che forse dovrei preoccuparmi di sistemare al più presto. O forse no. Ormai è tutto passato, capitolo chiuso.

E qui ti sbagli, farai un passo falso, lo so.

Non mi dispiacerebbe affatto leggere cosa hanno scritto di me. Non ho parlato con nessuno, tendo a escludere che lo abbia fatto la mamma, men che meno l'ispettore nuovo, quel Lupatelli che è venuto a trovarmi in ospedale. Dovrei tenere un profilo basso, non ho nessun interesse a prendermi le luci della ribalta. Mi trovo molto più a mio agio nel buio.

Tornare a guidare per le vie di Milano dà una sensazione particolare. Mi sento come se avessi appena preso la patente. Sono inquieto, non mi sento sicuro. Quando passo davanti al teatro Nazionale leggo di sfuggita il cartellone: *In... Tolleranza 2.Zero*, con un certo Pucci. Cerco di concentrarmi per provare a ricordare se mi sia mai capitato di vedere quel signore pelato con la barbetta incolta, ma no, non mi dice niente. La mente però torna a un episodio con Paola, la prima volta che siamo usciti insieme, quando mi ha chiesto di accompagnarla a ritirare la tesi. Non me lo sarei mai aspettato, abituato com'ero a fare da contorno, non pensavo che una ragazza mi avrebbe potuto coinvolgere anche solo per un'attività tanto semplice e senza nessuna implicazione. Proprio in piazza Piemonte ci aveva tagliato la strada un fenomeno con il macchinone a cui ho fatto smettere di fare lo splendido per sempre. Non potevo immaginare che sarebbe stato anche l'inizio della fine. Di Paola, quanto meno.

La prima seduta di fisioterapia in Sacra Famiglia è andata meglio di quanto mi attendessi. Anche la ragazza che mi ha seguito, una certa Alessia, si è detta stupita. Indossa una cuffietta a coprire la testa, gialla, con Topolino e Minnie in varie pose. Immagino che abbia a che fare con dei bimbi, ma preferisco non chiedere, anche se mi dà la sensazione di essere molto alla mano.

«Ti trovo più rapido di quanto avrei immaginato. Non voglio forzare oltre il necessario, con le dovute precauzioni si può provare a impostare un lavoro più intenso, secondo me. Ovvio che se dovessi sentire dolore o un affaticamento eccessivo rivaluteremmo il ritmo.»

Uscendo dalla palestra di riabilitazione, percorrendo il giardino in mezzo ai vari reparti disposti a ferro di cavallo, ho avvertito il bisogno di sedermi. Forse ho preteso troppo dalle mie condizioni, però resto ottimista.

Avresti potuto chiederle se vede controindicazioni rispetto alla scopata che ti attende (e non so davvero come sia potuto accadere). Non vorrei che ti prendesse un colpo. Io voglio vederti dietro le sbarre, non in una cassa da morto. Non sono mai stato un fan del sistema americano.

Beatrice, la tassista, abita a Baggio vecchia, in una corte a due passi da casa. Parcheggiare è un incubo. Dopo tre giri fra i sensi unici, con la sensazione di ripartire ogni volta dal via, ho deciso di lasciare la macchina dopo una scuola, dal lato di un giardinetto, vicino ad alcuni lavori in corso. Leggo su un enorme cartellone che stanno costruendo un padiglione polifunzionale. Rifletto sul fatto che, pur essendo nato e cresciuto a pochi chilometri da lì, non conosco quasi niente del mondo che mi circonda. Non che me ne importi qualcosa, in fondo. Prima di partire ho controllato la destinazione su *Tuttocittà*, ormai ridotto a brandelli, all'interno del dedalo di stradine del quartiere.

Ma ti rendi conto da chi mi sono fatto fottere? Da uno fermo all'età della pietra.

Seguo le indicazioni che mi fornisce Bea al citofono. Entrando in una corte giro a sinistra, salgo le scale e proseguo poi dritto sul ballatoio. Intravedo la rivista con il servizio in cui si parla di me aperta su una mensola all'ingresso dell'appartamento, ma riesco a dare soltanto un'occhiata di sfuggita distratto dallo spogliarello che inaspettatamente si mostra ai miei occhi.

Proprio così, Bea mi aspettava solo per quello. Zero convenevoli, subito al dunque. La porta della camera da letto è stata lasciata socchiusa, non a caso.

Hai capito la tassista? Come può essere che capita proprio a te? Hai la solita faccia da cazzo di sempre... non è possibile!

Paola non avrebbe mai osato tanto, anche se era molto disinibita pure lei.

Non era lei a essere strana, ma questa qua! Non posso credere che ti stia accadendo davvero.

La nostra prima volta non è iniziata nel migliore

dei modi: nemmeno il tempo di sdraiarmi sul letto che già sono venuto nei pantaloni.

«Aspetta, scusa. È che...»

«Ho sentito, non preoccuparti. Possiamo fare tante cose insieme, sai?»

«Sarò fuori allenamento, sono ancora convalescente. In realtà non so neanche se potrei farlo, il dottore si è raccomandato...»

Mi toglie la camicia e percorre con le dita la cicatrice.

«Immagino di essere la prima a dirti quanto è sexy. Posso baciarla?»

Le lascio fare e non ci vuole molto prima di riprendere vigore. Non ne ho mai parlato in maniera esplicita con Paola, ma avevo capito da alcuni suoi commenti che non fosse aperta a certi tipi di esperimenti sotto le lenzuola. Bea, al contrario, non sa cosa sia l'inibizione. Mi ha chiesto di prenderla a schiaffi sulle sue enormi tette, di morderla, di sussurrarle parole sporche. Non potevo sperare in meglio.

Riparto, sono il maschio dominante. Io, proprio io.

Alla fine crolliamo sfiniti e soddisfatti entrambi. Ho la sensazione che si sia addormentata con la testa sul mio petto, perché il ritmo del respiro è regolare mentre le accarezzo i capelli.

«Sono rimasta molto colpita dalla tua storia, mai avrei immaginato d'incontrarti.»

Il suo è un sospiro lieve, appena accennato, che devo impegnarmi a seguire.

«Come ti ho detto oggi, mi hai riportata indietro di tanti anni, al mio amico Ozzy. Volevo aiutarlo, sapevo che non aveva fatto quello di cui era stato accusato. Lo avevano incastrato. Chi meglio di me poteva saperlo? Era un periodo in cui non si parlava d'altro. Ti ricordi delle bestie di Satana?»

«No, mai sentite.»

Si solleva appoggiando una mano sul mio sterno. Sento una fitta che mi mozza il fiato.

«Scusa, mi dispiace, non volevo farti male. È strano, pensavo che non potesse esserci qualcuno della mia età che non ne avesse mai sentito parlare.»

«Tranquilla, adesso passa. In casa mia è sempre stata mia madre a informarsi sui fatti di cronaca.»

«Bah. Nel 2004, anche non volendolo, non si poteva evitare di vedere le facce di quel gruppo di metallari. Si raccontava fossero dei satanisti, accusati di reati gravissimi. È stata una specie di caccia alle streghe più che una cronaca.»

«Ti sembrerà difficile da credere, forse, ma io ho sempre preferito leggere un buon libro anziché fissarmi davanti alla televisione per vicende che non mi riguardano.»

«Ozzy viveva al quartiere Lavagna, a due passi da qui.»

Da dove sei uscito? Come fai a non averne mai sentito parlare? In effetti cosa perdo tempo a fare con te, tanto sei ipnotizzato da quelle due bombe enormi.

Più di altre parole, penso sia il caso di rimettersi all'opera. So che non posso esagerare e sento un dolore provenire dalle viscere, ma non riesco a trattenermi e agguanto il suo seno perfetto che mi ballonzola davanti.

«Sei sicuro? A me va bene, ho ancora fame di te...» ammicca lei.

«Più che sicuro!»

Così riprendiamo da dove avevamo interrotto.

Mi sono addormentato, esausto.

Mi sveglio di soprassalto. La sveglia sul comodino segna le 20,54. Devo tornare a casa, la mamma sarà già in pensiero. Non faccio in tempo a sincerarmi che Bea stia ancora dormendo che lei inizia a parlare.

«Sai che è la prima volta che vado con uno famoso?»

«Ah, ecco svelata la verità! Allora meglio non confessarti che resto l'illustre sconosciuto di prima, senza nemmeno i proverbiali quindici minuti di popolarità.»

«Non scherzare, scemo. Vedrai se non ho ragione. Anzi, perché non ti proponi a qualche trasmissione? Tipo a Barbara D'Urso? Farebbe carte false per raccontare la tua storia.»

«E se a me non interessasse proprio? Ti è passata per la mente quest'ipotesi?»

«Ma dai, c'è pure il lieto fine, potrebbe essere un esempio positivo in mezzo a tutto lo schifo a cui siamo ormai abituati. Se la fortuna ti viene a cercare, perché girarsi dall'altra parte?»

Valle a spiegare che sarebbe assai meglio per tutti, soprattutto per me, che il passato rimanga lì dove sta senza andarlo a stuzzicare troppo.

Lasciati ingolosire. Non puoi resistere alla tentazione, è forte e non puoi sottrarti. Prova a immaginare cosa potrebbe accadere. Io lo so e... lo sai anche tu.

Dopo che lei ha preparato, completamente nuda, un piatto di pasta con un sugo fantastico, ci abbiamo dato dentro per una terza sessione di sesso contro il muro. Ora, però, mi rendo conto di dovermene andare.

«Devi già lasciarmi? È stato splendido, con te ho un'intesa raramente raggiunta.»

«E io che pensavo di esser stato l'unico!»

«Scemo!»

«Va bene che sei una dea del sesso, ma non puoi darmi dello scemo così, gratuitamente. È già la seconda volta!»

Mi sorride, mi accarezza le labbra e abbassa lo sguardo dove trova, di nuovo, qualcuno entusiasta. Riprende a massaggiare da qualche passo di distanza.

«Mi dispiace molto che tu debba scappare. Avevo in mente qualche altro giochino, ma se proprio non puoi...»

La afferro e la spingo sul letto, su cui cade a gambe divaricate.

No, no e poi ancora no! Smettila, vattene! Sarà la tua prossima vittima? Dirà qualcosa che ti farà scattare? Tu devi restare solo, meglio se rinchiuso in un luogo con le sbarre e gente armata a controllarti.

Esco che è ormai notte fonda. Sul parabrezza ci sono tre dita di ghiaccio, che mi tocca provare a grattar via col raschietto giallo comprato da mamma. Non riesco però a scalfire lo strato gelato e il movimento mi provoca delle fitte al costato molto intense. Probabilmente ho esagerato, ma chi se ne frega. Con grande fatica riesco a liberare almeno lo spiraglio di visuale centrale, mi accascio sul sedile e faccio partire l'aria a manetta, anche se so che finché non parto non sarà di alcun aiuto.

A terra distinguo con chiarezza il segno degli pneumatici che si è formato sulla patina bianca. Sono soltanto pochi chilometri, ma non sono abituato a questi orari. Persino con Paola succedeva di rado, nonostante il mio conclamato ruolo da *chauffeur*.

Ho sempre avuto timore dei semafori con il giallo lampeggiante. Papà diceva che la notte girano persone poco a posto. Una volta gli ho domandato perché fossero disattivati dopo una certa ora e lui mi ha spiegato che col rosso, ritenendo la strada deserta, la gente si sente tranquilla di passare senza rallentare. Con il giallo, invece, sono tutti più cauti e propensi a controllare.

Apro il cancello quando ancora il ghiaccio non si è sciolto del tutto. Dai finestrini laterali inizia a colare una poltiglia indistinta. Abbandono l'automobile di fronte al box, senza fare manovra per raddrizzarla, e salgo in ascensore.

La casa è avvolta dal silenzio. Che mia madre, per la prima volta nella storia, sia andata a dormire senza aspettare il suo bambino?

Crollo a letto. I dolori sono sempre più radi, però sento stilettate emergere da nuove zone. Non mi era mai capitata una cosa così con una perfetta sconosciuta. In effetti Bea è una tipa strana, ma non vedo il problema. Tutto sommato, si potrebbe dire lo stesso di me.

Questa è la prima volta che siamo d'accordo. Te lo segnalo perché non credo che ci saranno molte altre occasioni.

Capitolo Terzo

Nuove opportunità

Marco Bordoni
È stata una notte senza sogni, in cui sono riuscito a dormire un sonno profondo. La sveglia è stata più traumatica di quanto mi sarei immaginato.

«Marco? Marco?! Alzati, ti cercano al telefono.»

«Chi?! Cosa...? Lasciami dormire, di' che non posso rispondere.»

«Secondo me, invece, faresti meglio a tirarti su. È la redazione di un programma televisivo.»

Non ho ancora ripreso del tutto coscienza. Il primo pensiero corre a Bea, che potrebbe avermi tirato uno scherzo di cattivo gusto.

«Il signor Marco Bordoni?»

«Sono io. Chi mi cerca?»

«Sono Michela, faccio parte della redazione di *Domenica Live*, la trasmissione condotta da Barbara D'Urso. La conosce, immagino.»

«La guarda mia madre, come avrà dedotto dalla sua eccitazione.»

Avverto un sorriso. Sono sorpreso da questa mia nuova verve ironica. Forse prima ero troppo concentrato sulle sventure quotidiane per farla emergere.

Tu non hai idea di quanto mi fai incazzare. Non sei così, non lo sei mai stato.

«La signora D'Urso in persona ha scoperto la sua storia e ci terrebbe moltissimo ad averla in trasmissione.»

«Dovrei esserne lusingato?»

«Percepisco che non ne è particolarmente entusiasta. Le preciso che per la prima puntata non sarebbe previsto un cachet, ma verrà a prenderla un nostro autista. Poi dipenderà dalla reazione del pubblico, se la sua...» fa una pausa, sta cercando la parola migliore da usare «...vicenda umana dovesse riscontrare il favore del pubblico, potrebbero aprirsi diverse opportunità. Ci pensi bene».

L'evenienza che potrebbe non fregarmene nulla non la sfiora neppure.

«Guardi, ho iniziato ieri la riabilitazione, mi sento molto giù. Le potrà apparire curioso, ma non smanio dalla voglia di sbandierare ai quattro venti ciò che mi è successo.»

Non fare l'eroe. Io e te conosciamo il vero motivo della tua ritrosia. Hai paura di fare qualche cazzata e di essere scoperto. Finalmente. E io sarò lì quando accadrà.

«Credo che lei non si renda conto. Abbiamo sentito in via informale alcuni suoi colleghi, o forse sarebbe meglio dire ex colleghi. Dopo la morte del dottor Sinise e della sua compagna, l'ufficio è stato posto sotto sequestro. Molti clienti hanno chiuso ogni rapporto con la finanziaria e si profila la possibilità di una drastica riduzione del personale. Le stiamo offrendo un'opportunità che potrebbe aprirle alternative concrete.»

Lei rimane in silenzio. Magari si aspetta che io la supplichi, a questo punto.

«Ci pensi, su. La richiamerò domani, non più tardi. Non siamo abituati a pregare i nostri ospiti se non sono convinti, però sappia che dobbiamo chiudere in fretta la scaletta per gli interventi della prossima puntata. La settimana seguente sarebbe tardi, questo genere di notizie vanno cavalcate.»

Resto col telefono in mano. La ragione mi direbbe di non pensarci più. Una vocina nuova, che non conosco, suggerisce però il contrario.

Voglio proprio vedere se hai le palle! Vai in televisione, così magari qualcuno capisce chi sei davvero. Cosa vuoi che ti possa succedere? Perché ti sei scopato Bea la tassista? Pensi di essere diventato all'improvviso sexy per un cazzo di articolo su un settimanale che leggono in tre? Cos'è, ti aspetti di meritare la prima serata o un'intervista da Vespa con tanto di campanello?

Come se fosse facile. Sono io a rischiare tutto. Poi hai davvero rotto il cazzo.

Pensa che se ti va bene potresti diventare un personaggio, magari un opinionista di qualche trasmissione nazionalpopolare, una di quelle in cui serve soltanto spegnere il cervello. Se va male, tuttavia, potresti finire nella merda fino alle orecchie. E non ti nascondo che non vedo l'ora. Accadrà, sì, perché non può che finire così. E io sarò lì a osservarti fino all'ultimo, fino alla rovina. Hai sentito cos'ha detto della finanziaria? La tua caduta è vicina! Che poi, parliamoci chiaro, non è mai stato il tuo mestiere. Lo sappiamo tutti e due, giusto?

Fanculo, mi mancava solo il fottuto grillo parlante, devo concentrarmi. Il lavoro è un aspetto che ho trascurato. Sono in malattia e di certo non si chiuderà a breve. Mi hanno sparato, non è cosa che avviene tutti i giorni. Stando a ciò che mi ha riferito la signorina al telefono, il rischio è concreto. Sono però sicuro che il licenziamento prospettato dal dottor Sinise è stato superato da sopraggiunte motivazioni, tipo la sua morte.

Potrei tentare la strada dell'invalidità, come mi hanno consigliato in ospedale. Qualche punto me lo darebbero e potrei rientrare nelle categorie protette. Fra l'altro, Michela della redazione è rimasta vaga a proposito di eventuali compensi futuri, non ho la minima idea di come funzioni né di cosa attendermi. Chi meglio della mamma, che non si perde una puntata?

«Sai per caso come funziona per le ospitate in TV?»

«Eh? Ho capito bene?! Ti vuole Barbara d'Urso?»

«Sì, ma non divaghiamo. Lo sai o no?»

«Mi risulta che ci sia un cachet per i personaggi famosi, non so se valga per tutti. Forse è il caso di riflettere sull'opportunità, che ne dici?»

Non potevo immaginarlo, ti tratta sempre come un ragazzino. E tu glielo lasci fare.

«Non ti ci mettere anche tu.»

«Perché, con chi altri hai parlato? Io ho rispettato i tuoi tempi, ma... sai che non possiamo far finta di niente, vero?»

Far finta di niente. Come se fosse possibile. Ehi, ma vi sentite quando aprite bocca?

Osservo il suo braccio appeso al collo dentro un foulard verde. Ha i bordi sfilacciati, dà l'idea che stia per cedere e strapparsi del tutto. Noto soltanto ora che ha smesso di fumare, almeno così sembra. L'aria in casa è meno densa del solito. Mi rendo conto di non aver badato a lei ultimamente, nonostante le debba la mia salvezza.

«Hai ragione, lo so. È successo tutto così in fretta. Non posso dimenticare quello che hai fatto per me.»

«Sapevo quali erano le tue intenzioni, quella notte. Tu sei tornato a casa per farla finita. Non so se ti avrei spiegato o ti avrei lasciato fare. In fondo, tu hai fatto ciò per cui io non ho trovato il coraggio. Sono una vigliacca, sì. Lo sono sempre stata.»

«Ricordo quello che hai passato. Quante volte il tuo sangue si è mischiato col mio?»

Non voglio piangere, ma non riesco a trattenermi. Una stilettata parte dal costato e mi blocca il respiro. Appoggio una mano sul tavolo in cucina, per non crollare a terra. La vista si è annebbiata e la mamma prova a sorreggermi: siamo due persone rotte che nessuno può più aggiustare.

Che bel quadretto! Sembrate quasi due esseri umani capaci di provare sentimenti...

«È passato, grazie. In queste prime settimane a casa sono stato talmente concentrato su me stesso che non ti ho neanche chiesto come stai. Hai smesso di fumare, vero? Non dev'essere stato facile per te.»

«Non ho più bisogno di quella merda. Per troppo tempo ho creduto di non avere altro. Ho capito che hai ancora bisogno di me, non ci siamo persi. Non mi serve altro.»

Sento le lacrime scorrere contro la mia volontà. Lei continua.

«La verità è che non ti ho protetto come avrei

dovuto. Ho preferito tante volte punirti per evitare che lo facesse tuo padre. Pensavo fosse il minore dei mali.»

«Mamma, io c'ero. Ricordo tutto. Quand'ero bambino non capivo, non potevo, ma quale madre si sarebbe comportata come te?»

«Perché credi che lo abbia fatto? L'unico motivo è che ho sempre voluto proteggerti. Come ho potuto, come sono riuscita. Ci ho provato, te l'assicuro, ma avevo tanta paura. Avrei dovuto farlo io, non lasciare a te un peso così grande.»

«Quindi... tu hai sempre saputo tutto?»

«A Nicolosi ero nel bagno marrone, quello che la nonna non voleva che si usasse.»

Il museo, più che il bagno.

E tu come lo sai? Non ci sei mai stato.

Sto scoprendo cose che nemmeno puoi immaginarti. La tua mente è una voragine di oscurità. E questo è soltanto l'inizio.

«Volevo restare in pace cinque minuti. Ci avevo sperato, sai? Che una volta tanto tuo padre potesse far qualcosa con te che non fosse riempirti di botte o insultarti. Quando ho sentito la sua voce, ho capito prima ancora di affacciarmi. Ho visto la scala barcollare.»

Il coraggio che ho avuto da bambino è stato poi chiuso, per lunghi anni, in un angolo buio dell'anima, tra la rabbia e il dolore. È stato come se, dopo essermi liberato del mio carnefice, io non potessi desiderare niente di meglio. Non lo so, forse sono soltanto psicocazzate.

«Perché non hai detto niente? Io avevo rimosso tutto, finché dentro non è esploso qualcosa di nuovo che non ho potuto né voluto controllare.»

«La ragione la conosci. Mi hai liberata, hai fatto quello che avrei voluto e dovuto fare io. Ci avevo pensato tante volte, ma alla fine non ce l'ho fatta. Ti giuro che la notte in cui ti ho visto in una pozza di sangue in camera tua avevo deciso. Avevo pensato al veleno. Mi ero informata, anche se non c'era internet. Ero sicura che mi avrebbero scoperta e avrei così lasciato soli te e tuo fratello. E forse sarebbe stato meglio.»

Basta, non voglio che vada avanti. So quanto ha sofferto, perché è il sentimento che ci ha tenuti legati per lunghi anni. La abbraccio forte, nonostante le fitte intense.

«Mamma, io non so come hai fatto a resistere per tanti anni. Papà ti umiliava sempre, per qualsiasi cosa, ti trattava come una sguattera. Urlava di continuo, ti aggrediva, pure per un consiglio su una strada di Milano, perché non eri pratica, o se dimenticavi di segnare uno scontrino nel suo libro dei conti. Per non parlare poi...»

Mi ferma appoggiando la mano sulle mie labbra. «Basta così. Ci portiamo dentro un dolore che nessuno può comprendere. Ho solo sperato che, una volta liberato, saresti riuscito a levarti di dosso quel destino di terrore e paura che sembrava segnato. Tuo fratello era piccolo e in qualche modo non ha vissuto quello che io e te ricordiamo bene. È anche il motivo per cui se n'è andato tanti anni fa. Non ci capiva. E come avrebbe potuto?»

«Mamma, però...»

«So che sei arrabbiato anche con lui. Tu avresti voluto proteggerlo e lui ti ha abbandonato. Forse si è solo salvato.»

Non posso giustificare né te né tua madre. Certo,

nessun bambino e nessuna donna al mondo dovrebbero vivere niente di simile, ma resto convinto che ognuno debba scegliere la propria strada, per quanto accidentata e dolorosa sia. La libertà di scelta è quello che ci distingue dagli altri animali, in fondo.

La fai facile tu. Adesso finiscila e sta' zitto, devo solo abbracciare la mamma. Come quand'ero piccolo.

Capitolo Quarto

O la va o la spacca

Marco Bordoni

Ci ho riflettuto a lungo, cercando di non farmi fottere il cervello da Barzagli.

Scendo al parco dietro casa, ho bisogno di prendere aria e schiarirmi le idee. Vedo vicino al campo con le porte da calcetto, dove quand'ero piccolo c'erano i canestri, una ragazza vestita di nero con un cane enorme che intorno al collo ha un collare di cuoio a cui è attaccata una catena. Non mi intendo di razze, ma quando mi avvicino di alcuni metri comincia a ringhiare nella mia direzione: mi pare il caso di prenderne un'altra. M'incammino costeggiando la recinzione del mio cortile, dove quando eravamo bambini non riuscivo a passare in mezzo come facevano tutti gli altri per via della testa troppo grande.

Noto fra i cespugli un sacchetto rigonfio dell'Esselunga da cui fuoriesce la manica di un giubbotto di pelle da donna, almeno sembra. Mi accosto e lo apro. Fa freddo e nei dintorni non c'è anima viva. Sciolgo il nodo e ci trovo dentro un paio di scarpe dalla zeppa alta, un pezzo di stoffa nera che pare una minigonna, calze a rete di scarsa qualità, una bustina con dentro un rossetto e altri trucchi. Immagino di essermi imbattuto nel completo da lavoro di una signorina di vita. Dopotutto, la Vigevanese lungo cui le donne si vendono è qui a due passi. Non sono servite a niente le telecamere sul controviale che costeggia l'Omnicomprensivo, le puttane hanno solo dovuto attraversare la strada.

Per un attimo penso che mi piacerebbe appostarmi, stasera stessa, per capire chi possa essere la ragazza costretta a cambiarsi di nascosto, al gelo. Magari per parlare con lei. Ho però altro a cui pensare, perciò rimetto tutto dove l'ho trovato e torno verso casa. Non posso permettermi distrazioni di nessun tipo se voglio, come ho deciso, dare il via a un gioco pericoloso. Non posso sapere cosa succederà, ma potrebbe rappresentare un'occasione da non lasciarmi sfuggire, non solo dal punto di vista economico.

Richiamo la tizia della redazione.

«Accetto. Mi spieghi bene, per favore, come funziona.»

«Ottimo, ne sono lieta. Sì, è molto semplice. Passerà a prenderla una macchina. Una volta arrivato agli studi, sarà accompagnato a una breve sessione di trucco. Niente d'invasivo, giusto per adattare il viso alle luci. Poi incontrerà me e un'altra autrice per concordare l'intervista. Ci dirà, eventualmente, quali domande riterrà inopportune, senza rischiare di snaturare il senso complessivo della storia. Vedrà la signora D'Urso direttamente in trasmissione, non credo vorrà fare un briefing preliminare. Le è tutto chiaro? Dubbi?»

«Sì, e sarò diretto. È prevista qualche forma di rimborso spese? Sono consapevole di non essere un personaggio famoso, ma, sa, io ho dato quest'interpretazione al suo riferimento di ieri al mio impiego. Cosa intendeva con esattezza?»

«Giusto, è una domanda del tutto lecita. Di norma non è previsto altro se non l'autista o un rimborso chilometrico, che però nel suo caso non saprei come giustificare. Ritengo che possa rappresentare un investimento in prospettiva per lei. Se, come credo, la sua vicenda attirerà l'attenzione del pubblico, potrebbero aprirsi diverse opportunità remunerative. Non sono solita fare promesse che non sono certa di poter mantenere, quindi non ne farò nemmeno a lei. Quello che posso assicurarle, però, è che le sto offrendo un'opportunità. Starà anche a lei sfruttarla.»

Il gioco, all'improvviso, sembra farsi duro. E interessante. Non posso permettermi errori, devo riflettere a fondo su ogni parola, calibrare pure le espressioni, trovare il giusto compromesso fra il ruolo della vittima e quello dello sfigato.

Sapevo che non saresti stato capace di resistere alla tentazione. Ti stai per incastrare con le tue stesse mani, non vedo l'ora! Vanità.

Inizio a prepararmi. Ieri ho tagliato i capelli dopo la fisioterapia, prima di una nuova gita da Beatrice. Per la prima volta nella mia vita ho avuto un'erezione imponente per alcune ore di fila. Lei era compiaciuta e non ha smesso di volerne. Non pensavo che mi sarebbe mai capitato qualcosa di simile: una relazione occasionale con una sconosciuta affamata di sesso. Con me. Se qualcuno me lo avesse detto l'anno scorso, avrei pensato a uno scherzo.

E lo avresti fatto fuori perché sei un cazzo di psicopatico.

All'orario che mi è stato indicato, scendo in strada per aspettare l'auto. Sono nervoso, inizio a passeggiare avanti e indietro davanti al cancello. La macchina arriva.

Durante il tragitto ripasso il discorso che ho preparato. La scorsa notte l'ho provato ad alta voce davanti allo specchio, in sala, ipotizzando le domande che potrebbero essermi poste.

Passato il posto di controllo, all'ingresso trovo una signorina che è venuta ad accogliermi davanti alla porta a vetri, per accompagnarmi al trucco. Mi sento coccolato.

A sessione ultimata, riaprendo gli occhi, mi chiedo chi mi trovo di fronte. Un colorito che non mi riconosco, lo sguardo profondo, intenso, persino interessante. Un uomo nuovo, pronto a lanciare una sfida, a cogliere un'occasione inattesa.

Mi è piaciuto l'approccio delle autrici del programma, sono andate subito al punto e non ho trovato niente d'inappropriato. Mi sono imposto di mantenere un profilo basso, nessuna accusa diretta, non devo esser io a sollevare il dubbio. Se tutto andrà come deve, ci saranno conseguenze per le quali potrei correre dei rischi controllati. Non posso dimenticare che Barzagli è l'unico ad avermi riconosciuto e, in qualche modo, compreso. Non ho nessuna intenzione d'infangarne la memoria, anche se sta cercando di fottermi il cervello.

Ehi, ma ti senti? Cosa cazzo vai farneticando? Ti stai costruendo un mondo che vedi soltanto tu, ancora un po' e salta fuori che sei una povera vittima che mi tribu-

ta il giusto riconoscimento. Falla finita! Tu sei un serial killer e devi finire in galera, quello è il posto giusto per te.

Ci siamo, attendo con l'assistente di studio dietro una specie di paravento. Ho ascoltato l'intervista precedente, un momento molto carico di emozione. Una mamma a cui i servizi sociali hanno deciso di portare via i figli. Lei ha giurato sulla tomba del defunto marito di non aver mai fatto mancare ai bambini il suo amore e tutto quello di cui hanno bisogno. Il riferimento alla sua presunta inaffidabilità è stato solo velato, il focus è rimasto in superficie, tutto incentrato sull'aspetto emotivo.

Sono pronto a giocare le mie carte. Dando il mazzo.

Sento il mio nome, entro in scena. Non sono più nervoso, nessuna ansia. Mi dà fastidio un riflettore che punta proprio sugli occhi, cerco di spostarmi per uscire dal cono di luce. Non posso permettermi distrazioni.

Sei capace di concentrarti e fissare la conduttrice negli occhi? Puoi sempre fare la figura del maniaco che sei. Ripeti con me: non sono una vittima. Ricordatelo bene. Puoi prendere per il culo chi vuoi, non me.

Lo studio è in silenzio. Non so se interpretarlo come indice del fatto che non stia andando bene, ma mi sembra che siano tutti molto attenti alla storia che sto raccontando. Come speravo, la conduttrice si è limitata a un'introduzione iniziale e mi ha lasciato la possibilità di spiegare come sono andate le cose. Appena finisco di parlare parte un lungo applauso. Ho notato i volti di alcune signore commosse, più di una di loro intenta a cercare il fazzoletto nella borsa. Chi lo avrebbe mai detto? Molto meglio di ogni mia aspettativa, sotto tutti i punti di vista.

Rientro a casa e trovo la mamma ad attendermi in cortile. Mi viene incontro con una leggera zoppia non appena scorge la macchina ferma davanti al cancello. C'è anche la zia Angela col suo inconfondibile accento bergamasco.

«Ti ho visto oggi pomeriggio in televisione. Non immaginavo che ti fosse accaduta una cosa così! Mi avevano detto che avevate avuto un incidente, ma mai avrei pensato a una cosa del genere. Se avete bisogno di qualcosa noi ci siamo, la strada la conoscete.»

Ringrazio e saliamo in casa. Sono stremato. La testa mi esplode, ho bisogno di un bagno bollente. La mamma ci mette anche i sali perché, dice, sono una cannonata per rilassarmi. Ne ho bisogno. M'immergo nell'acqua lasciando fuori solo la punta del naso, come facevo da bambino. Tutt'intorno è ovattato. Voglio stare spento.

«La Repubblica», «Il Corriere della Sera», «Il Giorno». La mia intervista campeggia su tutti i principali quotidiani nazionali. La mamma ha svaligiato l'edicola. Mi hanno chiamato un giornalista di «Panorama» e la redazione de *Le Iene*. Non manca nessuno. Pare che sia stato apprezzato in particolare il mio tono, l'atteggiamento, la mancanza di recriminazioni rispetto all'operato della polizia. Chi, al mio posto, avrebbe evitato ogni accusa e polemica?

Voglio sperare che non ci siano altri psicopatici come te in circolazione.

«Vedi, Barbara» fin dalle prime battute mi aveva chiesto di darle del tu «io sono consapevole che l'ispettore Barzagli e la sua squadra stavano indagando su una serie di omicidi terribili in zona. Mia madre me ne aveva parlato, aveva paura. Immagino che non sia semplice affrontare un lavoro come il loro. Può succedere di cadere in errore, purtroppo. Nel mio caso, uno stimato poliziotto ne ha pagato le conseguenze».

Avevo gli occhi lucidi, ma non ho pianto. Se non lo avessi fatto sarebbe sembrato strano. La gente si nutre di emozioni primordiali, dopotutto. Non gli importa che siano vere o costruite. Non è stato difficile, non serviva che mi allenassi oltre il necessario.

Se non lo avessi visto con i miei occhi avrei stentato a crederci. La scena clou è stata quando hai raccontato che hai cercato di proteggere tua madre mettendo a rischio la tua stessa vita. Il momento di silenzio che è seguito ha colpito nel segno. La commozione della D'Urso, che si è fatta portare un fazzoletto dall'assistente di studio, ha fatto il resto. Mi piacerebbe sapere come ti sei sentito a mentire in modo sfacciato quando hai detto che preferivi non parlare della relazione con Paola per non violare la memoria di un'innocente. Ho il vomito. L'hai soffocata con le tue mani!

Fottiti. Non mi frega un cazzo della tua opinione, io so cosa devo fare.

Carmelo Abbate in persona, uno dei volti noti della televisione, si presenta a casa. Mia madre è euforica. Ho la sensazione che l'emozione possa giocare un brutto scherzo alla mia vecchia: ha fatto la messa in piega, ha tirato fuori il servizio buono ed è corsa a prendere i pasticcini. Nemmeno dovessi sposarmi.

La chiacchierata col giornalista trascorre in modo rilassato, anche se lui tenta a più riprese di approfondire alcuni particolari rispetto all'operato della polizia. Riesco a schivare le domande più insidiose con la scusa che non posso sapere cosa abbia portato gli inquirenti sulle mie tracce. Il ruolo di finto tonto mi si addice.

Devo ammettere che ti ho sottovalutato. Non ti facevo così scaltro.

Prima di congedarlo, gli chiedo se potrò leggere l'articolo prima che lo pubblichi e mi risponde che nemmeno a Berlusconi in persona ha mai fatto dare un'occhiata in anteprima a una sua intervista.

«Deve scusarmi, è tutto nuovo per me. Lei è stato molto gentile. Il mio scrupolo è di non essermi espresso male, attraverso qualche accusa non voluta. Ho pur sempre ucciso un uomo, benché in circostanze eccezionali.»

«Non si preoccupi, comprendo i suoi timori. La sua storia mi ha colpito molto, non sarei qui se così non fosse. Vedrò cosa posso fare.»

Prima di uscire, mi invita a recarmi il giorno successivo al Castello Sforzesco, per alcune immagini da scattare con il fotografo del settimanale e da mettere poi a corredo dell'articolo. Aggiunge che sarebbe opportuno mostrare anche la cicatrice, se me la sentissi.

Io acconsento.

Sono in ritardo per la terapia. Ho avvisato Alessia, la fisioterapista, e non è mia abitudine farlo, perché di norma sono sempre puntuale. Ci si mette anche il parcheggio. Perdo venti minuti buoni per cercare invano un posto non a pagamento nei paraggi della Sacra Famiglia. Alla fine mi arrendo e lascio l'auto sulle strisce blu. Non ho tempo di cercare il parcometro, spero che i vigili di Cesano Boscone abbiano altro da fare al momento. Ha cominciato a piovere a dirotto e non ho nemmeno l'ombrello. Tiro su il cappuccio della giacca e affretto il passo fino all'ingresso. Di correre non se ne parla, è ancora impossibile nelle mie condizioni.

A differenza dal solito, la palestra è vuota. Ormai mi sento a casa e con Alessia mi trovo molto a mio agio; anche quando non mi riesce un movimento, non perde mai la pazienza e mi sprona a riprovare. Mi attende con un camice azzurro diverso dal solito, che mi dà la sensazione di essere più piccolo della sua abituale misura, e le infradito ai piedi.

«Ti stavo aspettando» mi sussurra.

«Scusa, scusa... mi dispiace. Volevo richiamarti per dirti di saltare la seduta, ma contavo di fare prima.»

«Va bene, dai. Ora rilassati» sussurra nuovamente.

Ha un sorriso strano, non so come interpretarlo.

«Ti ho visto ieri. Non immaginavo cosa ti fosse successo.»

«Sai che non so se ho fatto la cosa giusta? Se t'imbarazza, posso trovare un'altra struttura. Non so cosa attendermi dalle persone che non mi conoscono.»

«No, che problemi ti fai? Aspetta, sei fradicio. Non mi ero accorta che ha iniziato a piovere. Vieni qua, togliti il giubbotto.»

Lo appoggia sulla sedia alla mia destra e vedo subito tante goccioline cadere copiose.

«Anche la felpa è bagnata, ti prenderai un accidente.»

Resto a petto nudo.

«Quando sei entrato non ti ho forse detto che ti stavo aspettando...?»

Comincia a sbottonarsi il camice. Non indossa altro. Ha un corpo muscoloso, i nervi guizzano sui bicipiti. È soda, tonica. Sembra un'altra persona rispetto a quella dolce ragazza che ero convinto di aver iniziato a conoscere.

Mi prende la mano e la posiziona sul seno marmoreo, che mi ricorda più un pettorale maschile scolpito in palestra, di sicuro non abbondante e morbido come quello di Bea. Ho sempre avuto la fissa per le tette grandi, ma non mi pare il caso di sottilizzare. Mi fissa negli occhi.

«Cosa ne dici, ti piace questo nuovo esercizio? È successa una cosa che non mi aspettavo: ti ho sognato, ho sognato che io e te...be', mi piacerebbe raccontarti di preciso com'è andata.»

Non riesco a crederci. Senza la cuffietta, con i capelli sciolti, ha una femminilità prorompente che non avevo notato prima. Mi sembrava addirittura insignificante, proprio come me. Almeno, ciò che sono stato finora.

In effetti non stava mentendo. Indietreggia fino al lettino, poco distante, e si posiziona per accogliermi in tutta la mia prepotenza. Non ho nessun tentennamento, so cosa devo fare.

Cosa sta accadendo?! Nemmeno se fossi un divo del cinema o che so io. Ho sentito parlare di donne assatanate e bramose di personaggi televisivi, ma pensavo che fossero dicerie, voci prive di fondamento.

Dopo Bea la tassista, Alessia la fisioterapista. Forse ha ragione il mio nuovo amico in testa, ma chi se ne frega.

Potrei iniziare a tenere un registro, magari a organizzare un file Excel. Avevo già un appuntamento preso con Bea, ma non ho nessuna intenzione d'intraprendere una storia seria, è troppo fresca la fine della mia prima e unica relazione con Paola. Non sono pronto e non mi interessa.

Non dire cazzate, almeno! Hai capito cosa potrebbe scatenarsi con questo momento imprevisto di popolarità e non vuoi avere rotture di coglioni. Sii quanto meno sincero con te stesso.

Potrebbe anche essere, e per come mi sono entrate nei pantaloni non mi meraviglierei. È tutto così nuovo, non mi aspettavo niente del genere.

Forse dovrei passare al XXI secolo e acquistare un cellulare. Prima, in fondo, non lo avevo solo perché non avrei saputo chi chiamare, con chi comunicare. Nemmeno mi interessava.

Devo restare concentrato, anche se fa un freddo siderale. Sbuco dai palazzoni a strisce del Tessera, e ogni volta che li vedo vorrei parlare con chi ha avuto l'idea di realizzare qualcosa di tanto brutto. Ci sono ancora alcune luci intermittenti sui balconi, ma niente in confronto al periodo natalizio in cui sembra di stare a Las Vegas, con le decorazioni luminose più pacchiane che si possano immaginare.

All'Unieuro domando informazioni a un ragazzo che, per fortuna, non sembra aver guardato *Domenica Live*. Ho la sensazione per tutto il tempo di sentire un brusio intorno, come se qualcuno parlasse di me sottovoce al mio passaggio. Molto più facile che sia una suggestione, non ho certo fatto un discorso alla nazione a reti unificate.

Opto per uno Huawei P20. Pare che nel rapporto qualità prezzo sia imbattibile. Il commesso parla come se mi fosse nota la differenza fra lo store Google e quello cinese. Non ne ho la minima idea, anche se non mi sembra essenziale che lo sappia. Come operatore non mi lascia nemmeno l'opportunità di scegliere, devo prendere Iliad, facilitato dal corner in bella vista. Un altro ragazzo dalla faccia coperta di brufoli mi chiede se deve avviare la portabilità del numero. Quando gli rispondo di no, dopo che ha già iniziato a scrivere un tre sull'apposita riga, si blocca sorpreso, farfuglia qualcosa e mi rilascia un biglietto da consegnare in cassa.

«Mi scusi, ma lei era dalla D'Urso domenica, vero?» mi chiede la cassiera.

Se tre indizi fanno una prova, devo concludere che la trasmissione a cui ho partecipato sia seguita da sole donne. Confermo, abbozzando un sorriso.

«L'ho detto alla mia collega quando l'ho vista entrare, ma secondo lei non poteva essere. Vero, Manu?»

L'altra comincia a cambiare il colore del viso e in un istante sembra accendersi.

«Eh, mi sembrava soltanto strano che potesse essere davvero lui...»

«Se ha detto che abita a Cesano! Chissà quante volte sarà già passato.»

Non so se mi piace finire sulla bocca di due perfette sconosciute.

Non fare finta del contrario, io so come stanno le cose.

Devo trattenere un ghigno che potrebbe essere mal interpretato. Ritiro la fattura, saluto e mi avvio verso il parcheggio. Solo una volta in macchina capisco cosa volesse dire la cassiera con: «Controlli bene i dati riportati sul documento, mi raccomando». Un numero di cellulare campeggia in bella vista con tanto di cuoricino, con l'aggiunta di: «Quale migliore occasione per testare il nuovo telefono?».

Stento a credere che tutto ciò stia accadendo sul serio. Immagino che si tratti di un effetto temporaneo, fra un paio di giorni nessuno si ricorderà più di me.

Nel frattempo, cavalchi l'onda. Tanto lo so che presto tornerai a uccidere.

Potresti non avere tutti i torti, ma inutile pensarci adesso.

Dopo aver acceso il motore, per sbrinare i vetri senza usare il raschietto, attivo la luce di cortesia e inizio ad armeggiare per inserire la SIM. Mi cade la mini puntina per estrarre l'alloggiamento, per fortuna la ritrovo senza perdere tempo. La inserisco faticando a centrare il punto giusto e, dopo aver inserito la card, avvio l'apparato. Non legge la carta, quindi riprovo e inverto il senso. Mi chiede il PIN, che trovo senza difficoltà. Ne digito uno nuovo, apro lo store di cui mi ha accennato poco fa il commesso e scarico WhatsApp.

Non perdo tempo e inizio a scrivere, anche se continuo a cancellare quando digito la lettera L. *Questo è il mio numero, fanne buon uso.*

Nemmeno il tempo di riporre tutto nella scatolina e ripartire che sento arrivare la risposta. *Io abito in via fratelli Rosselli al numero 3. Non ho impegni questa sera, ti aspetto.*

Sì, la situazione è quasi assurda, ma non mi dispiace affatto. M'infilo sotto i palazzoni di Tessera dopo aver superato l'Auchan. Il parcheggio è stretto, ma non vedo alternative. Una volta avrei fatto un altro giro, oggi però mi sento diverso.

Schiaccio il citofono indicato nell'ultimo messaggio e salgo al quinto piano.

Giorgia, così si chiama la cassiera, ha lasciato la porta aperta e dei messaggi sparsi per casa per farmi arrivare in camera sua, dove la trovo già posizionata sotto le lenzuola. In negozio non le avevo prestato particolare attenzione, per giunta con la divisa non mi sarebbe stato possibile distinguerne le forme. Più piatta non potrebbe essere e ha un neo enorme sul collo che secondo me si dovrebbe far controllare.

Non sono pronto, venendo da fuori, a infilarmi subito dentro di lei, senza preliminari come mi chiede.

«Sono già calda» mi sibila nell'orecchio.

Vengo all'istante, nemmeno il tempo di cominciare. Non sono riuscito a resistere. Mi chiedo cosa ci faccio qui mentre lei mi osserva infastidita. Raccoglie la coperta, si copre e quasi scappa rinchiudendosi in bagno.

Me ne resto sdraiato con un affare molliccio che non sembra avere nessuna intenzione di collaborare. Non riesco a capire perché alcune volte ci potrei piantare i chiodi nel muro e in altre occasioni, invece, non c'è verso di farlo risorgere.

Mi sorprende che tu sia stato capace altre volte. Sei sempre stato un povero sfigato che non poteva neppure ipotizzare di vedere una figa dal vivo. Ah, e quella di tua madre non conta. Quanti anni avevi la prima volta che lo hai fatto?

Sono sicuro di non aver lasciato tracce. Quando ho aperto indossavo ancora i guanti. Li riprendo dalla giacca appoggiata su una sorta di scrivania piena di libri e la raggiungo. Si è chiusa dentro a chiave.

«Scusa, non mi era mai successo. È stata una giornata pesante, a terapia ho sentito un dolore lancinante. Perché non riproviamo?»

Non sento nessuna reazione. Appoggio l'orecchio all'infisso, percepisco appena un singhiozzo strozzato.

«Apri, per favore. Sei stata tu a invitarmi.»

Sta per succedere di nuovo, lo sappiamo tutti e due.

Lo so.

Gira la serratura, me la trovo davanti con gli occhi ancora umidi, indossa il pigiama.

«Non è colpa tua, io non sono così. Non so cosa mi sia successo, è sbagliato quello che ti ho proposto. Non so niente di te e viceversa. Che poi... che senso ha? Perdonami, non è per te.»

«Hai detto a qualche amica di questa serata?»

«Ti pare?! E cosa avrei dovuto dire, che ho fatto venire a casa uno sconosciuto visto in televisione per scoparmelo? Perché ti sei messo i guanti? Hai così freddo?»

Cazzo, il cellulare! Ci siamo scambiati diversi messaggi. Dilettante! È una traccia che riconduce a me. Devo uscire subito da questo posto.

Nooo! Ero sicuro che stavolta ci saresti ricascato.

«Devo andare, mi dispiace.»

Rientro in macchina. Metto in moto e scappo senza guardarmi indietro. In fondo alla via inchiodo alla vista di una pattuglia dei vigili urbani che, però, non sembra interessata a me. Tiro un respiro profondo.

Ho corso un rischio inutile, non è da me. Devo restare concentrato e non fare errori banali. Crollo a letto, sfinito.

Sono tornato bambino. La mamma mi porta in centro, mi dice di essere veloce, di non perdere tempo. Dobbiamo andare dall'avvocato che ci ha consigliato la zia Angela. Non è davvero mia zia, ma io chiamo tutti così. Si mettono sempre a ridere e io non ne capisco il motivo. Quando ho preso l'aereo per la prima volta per andare dai nonni in Sicilia, perché papà non aveva nessuna intenzione di accompagnarmi e la mamma doveva entrare in ospedale per un piccolo intervento, mi hanno affidato alla *zia* hostess.

Entriamo in uno studio pieno di luci, in un palazzo proprio di fianco al Duomo. Sulla porta ci accoglie una signorina che per me è molto bella e sembra anche un sacco gentile. A lei non mi viene di chiamarla *zia* perché è giovane. Ci fa accomodare in una sala riunioni e ci informa che l'avvocato Turrani ci riceverà a breve. In effetti, dopo pochi minuti arriva il nostro turno. La mamma vuole farmi aspettare fuori, ma io non voglio. Per evitare che io faccia capricci accetta di entrare insieme, purché rimanga zitto.

Le pareti sono piene di quadri di signori che non conosco, a parte uno che ho visto in televisione e che si chiama Andreotti. Ride e stringe la mano all'avvocato Turrani, che dev'essere una persona importante.

La mamma inizia a parlare di papà, di quello che succede quando beve e si arrabbia, che se la prende anche con me. L'avvocato continua a guardare l'orologio e sembra pensare ad altro. Mi sta antipatico. Alza una mano. Io so che lei vorrebbe parlare ancora, ha un sacco di altre cose da dire.

«Signora, mi perdoni, non ho tanto tempo a disposizione. Prima di tutto vorrei capire se ha la disponibilità economica per affrontare una causa di separazione contro suo marito che potrebbe avere risvolti ulteriori. Comprende cosa intendo?»

Pensa che la mamma sia stupida? Lo capisco anch'io.

«Io non lavoro. Mio marito ha deciso che mi dovessi prendere cura del bambino, anche se io sarei un'insegnante d'italiano.»

«D'accordo, signora. È una cosa comune e non ci vedo nulla di strano. Però dubito che lei possa permettersi una causa, in tutta franchezza.»

«Di che cifra stiamo parlando? Potrei chiedere alla mia famiglia.»

«Senta, io non posso perdere tempo. L'ho ascoltata, ma se non ha alcuna certezza devo domandarle la cortesia di andarsene. Di solito i miei clienti non hanno di questi problemi.»

La mamma si alza. Ha gli occhi lucidi come quando papà la insulta. Mi tira per il braccio e ci incamminiamo fuori.

Appena torniamo in strada, si mette le mani fra i capelli e si gira verso una vetrina. Non vuole che la veda, ma io sono lì. Avrei voluto picchiare quel signore maleducato, ma sono solo un bambino.

Poi mi sveglio. Adesso sono di nuovo grande.

Capitolo Quinto

E poi ci troveremo come le star

Marco Bordoni
Come concordato, incontro il fotografo di «Panorama» all'angolo della viuzza che da Cadorna porta al Castello, la stessa che percorrevo quasi ogni giorno quando lavoravo in via Leopardi e mi piaceva fare due passi a piedi, da solo, intorno alle mura imponenti.

Identifichiamo una panchina. Il contatto con il legno ghiacciato è intenso, ma dura pochi secondi. So che avrò i pantaloni bagnati, però non mi sembra il caso di protestare. La Nikon ha un obiettivo enorme, mentre il ragazzo scatta penso che mi avrebbe potuto fotografare anche da casa sua. Passa un gruppetto di persone, immagino colleghi di lavoro in pausa pranzo, diretti verso il chiosco dei panini che hanno i nomi delle squadre di calcio. Si fermano incuriositi da quello che stiamo facendo. Io, ai tempi, i panini li ho provati tutti tranne l'Inter. Mio padre odiava tanto *i cugini* che mi sono sempre tenuto alla larga anch'io.

Ho la sensazione che una ragazza con i capelli rossi mi fissi in maniera particolare. Anche quando ripartono verso la loro destinazione lei continua a girarsi verso di me. Mi sorride. È piuttosto insignificante, non mi sembra il caso di farci un pensiero.

Soltanto pochi mesi fa non avresti creduto ai tuoi occhi. Impossibile, davvero.

Finito il servizio fotografico, mi avvio verso la metro per rientrare a casa.

Bea la tassista è irrefrenabile, da quando le ho dato il nuovo numero continua a scrivermi messaggi spinti, con tanto di foto in cui condivide nel dettaglio le sue fantasie. Stanotte pare aver perso il controllo, perché ha sognato che la guardavo, immobile, mentre lei si toccava. Questo non mi dà fastidio, anzi, ma non sono convinto. Ho il timore che lei voglia qualcosa di stabile a cui io non mi sento pronto.

Meglio che la lasci perdere, chi ti si avvicina troppo muore.

Forse ha ragione, il vero motivo è che ho paura. Non posso legarmi a qualcuno, non ne sono capace. Bea è diversa da tutte le altre, l'ho capito dal primo istante.

Mi sento sempre più in forze. La scorsa notte sono ricomparsi gli incubi. Però stavolta, forse, è stato qualcosa di diverso. Sono tornato a vivere un momento che pensavo sepolto nei ricordi: io bambino incapace di difendere la mamma.

Trovo che internet sia la morte della privacy, soprattutto per chi ritiene di dover far sapere sempre qualcosa di sé, come se a qualcuno possa davvero interessare.

Ho tuttavia scoperto diversi elementi interessanti sul mio nuovo amico avvocato. Ci ha tenuto ad annunciare di aver lasciato lo studio al figlio, dedicandosi a cause benefiche. Non c'è foto in cui rinunci a sottolineare la propria generosità verso gli sventurati che lui ha il buon cuore di aiutare. Passerelle, riflettori, personaggi del jet set, tutti al servizio della gloria personale dell'avvocato Turrani. La settimana scorsa ha noleggiato il teatro Nuovo in San Babila per i suoi affezionati clienti, a sostegno non ho capito bene di quale associazione. Nel cast c'era anche Serena Autieri, una per cui la mamma stravede.

Una notizia molto interessante, e per me utile, è il fatto che tutte le mattine si svegli all'alba per portare il suo adorato Wolff, che a dispetto del nome altisonante è un maltese bianco, a fare una passeggiata al Parco Sempione. Si vanta, perché è nel suo stile, di trovarsi alle sue porte fin dall'apertura, alle 6,30 in punto del mattino.

Entrando dai cancelli dove la strada curva, sul retro del Castello, non mi ci vuole molto per identificarlo. È ancora buio, i lampioni illuminano tutti i vialetti. Se mi trovassi qui per un altro motivo potrei considerarlo un luogo molto suggestivo, dove tornare con la propria donna, ma non mi aspetta un appuntamento romantico.

L'aria sembra rarefatta. Il naso mi cola e cerco di tamponarlo con il fazzoletto, che fatico a estrarre dalla tasca a causa dei guanti imbottiti. Come immaginavo, lo noto dirigersi verso i vicoli interni, in direzione dell'Arco della Pace.

Dopo aver oltrepassato il Bar Bianco e un piccolo stagno, transitando sul ponticello di legno, decido di agire. Non c'è nessuno nei paraggi.

«Avvocato?»

«Eh?! Ci conosciamo? Non la ricordo fra i miei clienti, ma... ha un viso noto.»

«È difficile che lei si ricordi di me. E di mia madre.»

Percepisco lo stesso fastidio della prima volta che l'ho incontrato. Wolff mi mostra un canino, a conferma che gli animali assorbono molto dai padroni. È una mia convinzione da sempre.

«Senta, devo lasciarla. Sono qui con il cane e devo rientrare a casa.»

«E qui sbaglia, lo sa? Per lei i soldi non rappresentano nulla, non fanno la minima differenza. Eppure ha umiliato una donna che aveva bisogno di essere ascoltata, l'ha cacciata via come fosse stata una zanzara fastidiosa. Non le ha mostrato alcun rispetto. Non le sarebbe costato nulla aiutarci. Avrebbe anche scoperto che mio nonno era un pezzo grosso in Sicilia e non avrebbe avuto problemi a pagare la sua fottuta parcella.»

«Lei mi ha scambiato per qualcun altro. Adesso mi lasci in pace.»

«Certo, potrei, ma non accadrà.»

Tiro fuori dalla giacca il coltello da caccia che ho acquistato ieri alla Decathlon di Corsico, in contanti, indossando il cappello che mio fratello aveva comprato durante una gita scolastica a Londra. Gli piaceva la scritta NY e aveva arcuato la visiera com'era di moda all'epoca, aspetto che è tornato utile a me per coprire meglio il volto.

Sento l'aria fredda del mattino sfregare contro le guance e sulla fronte. Sono a viso scoperto, un cappellino di lana sarebbe servito soltanto a farmi passare meno inosservato davanti alle telecamere di cui è ormai disseminato il centro di Milano. Sono dettagli a cui devo badare per forza, ormai. Ho scelto con cura l'arma e sembra davvero un buon articolo. Spero che rispetti le recensioni che ho letto.

«Non ho intenzione di far male al suo cane e non mi costringa a farlo. Lo leghi a quel palo. Lui non mi ha fatto niente.»

L'avvocato mi fissa per un lunghissimo istante. Sta scandagliando ogni possibile opportunità di salvezza e spero che arrivi presto a escluderle tutte.

Tira l'animale per il guinzaglio e segue le mie indicazioni. Mi avvicino. Quando sono a pochi passi lancia un urlo disperato, quasi un ruggito. Prova a spingermi e si volta per tentare di scappare, ma in due falcate lo raggiungo e gli trapasso la schiena da parte a parte. Non gli concedo il tempo di reagire. Sento la sua vita scivolare via in un istante. Crolla davanti ai miei occhi. Wolff abbaia come un ossesso e cerca in tutti i modi di divincolarsi, ma può soltanto attirare l'attenzione.

Senza perder tempo a recuperare il coltello, mai toccato a mani nude, mi allontano senza correre. Dopo aver percorso qualche centinaio di metri, incrocio un ragazzo che si dedica al jogging mattutino. Ha gli auricolari senza fili. Mi volto nella direzione opposta fingendo un improvviso starnuto; non mi degna di uno sguardo. Accelero appena il passo. Potrebbe trovare il corpo se svoltasse a destra. Nel dubbio, mi dirigo verso l'uscita. Preferisco non prendere la metro a Cadorna. Meglio evitare di passare davanti a qualche telecamera, nonostante io sia infagottato come un pupazzo. Non avverto più il freddo, sento il sangue scorrere caldo nelle vene.

Cammino parecchio, ormai ho recuperato le forze, e l'adrenalina di un nuovo omicidio mi mette le ali ai piedi.

All'altezza di De Angeli la tensione si allenta, ma

decido di prolungare la passeggiata seguendo il percorso della linea rossa fino a Primaticcio dove, sfinito, salgo sulla 64 che mi porta a casa.

Mentre mi avvio dalla fermata per i pochi passi che mi separano dal cancello, per la prima volta mi sento bene, libero come non lo sono mai stato. Assaporo un'euforia che non avevo mai vissuto così, neanche lontanamente. Non sono più quello di prima, gli avvenimenti che si sono succeduti mi hanno cambiato in profondità.

Vorresti correre, urlare, festeggiare. Hai appena ucciso un uomo. Era un uomo di merda, te lo concedo, ma non puoi essere giudice e giuria. Il mondo è pieno di gente orrenda, capace di gesti abominevoli: non sta a te fare il giustiziere.

La questione mi sembra più complessa, tu non puoi capire. Nessuno può. Smettila di insinuarti nei miei pensieri.

Non avevo mai gioito prima. In realtà, non ho mai provato alcuna emozione. Stavolta è stato diverso. Non perché abbia rischiato più del solito parlando con quel figlio di puttana o perché fossi in un luogo pubblico, in un parco popolato da migliaia di persone ogni giorno. Non mi sono più limitato a confondermi con la scena, ne sono diventato parte integrante. Ero intabarrato con sciarpa fino al naso, cappello calato sugli occhi, guanti, un paio di jeans e una vecchia giacca che non indossavo dalle superiori, quando ancora il Grande Fratello non esisteva. Forse ho acquisito la coscienza di farne parte.

Devo raccontarlo alla mamma.

Entro in casa e mi dirigo in sala. Afferro il telecomando dal divano e spengo la televisione.

«Ehi, che succede? Dove sei stato?» Mi guarda con una strana espressione senza aggiungere altro.

«Ti ricordi l'avvocato Turrani? Quello...»

«Come potrei dimenticarlo?»

«Credo che al telegiornale ne sentirai parlare. Ho fatto ciò che dovevo.»

«Non ne abbiamo mai discusso, io non so come funziona quello che fai.»

«Non voglio parlarne, infatti. Ci tenevo soltanto che tu lo sapessi, perché so che ti saresti fatta la domanda.»

«Sei molto cambiato.»

Provo a intervenire, ma mi ferma con un gesto deciso della mano.

«Non sei più il bambino impaurito di prima. Hai acquistato consapevolezza. Ti ho visto anche in televisione, eri padrone della situazione, sicuro di te. Sono convinta che tu sei sempre stato questo, solo che prima prevaleva la paura. Quello che fai non è giusto, penso che tu ne sia consapevole senza bisogno di sottolinearlo. C'è qualcosa che ti spinge a farlo per capire chi sei.»

Ci mancava l'uscita psicocazzica.

«Mamma, io non so spiegarmi, ma penso di avere le idee molto chiare. Volevo solo che tu lo sapessi da me, senza aggiungere altro.»

Mi abbraccia con il braccio buono, mi stringe forte.

Mi chiudo in camera e controllo su internet. Trovo senza fatica, come notizia di apertura su «MilanoToday», l'articolo sul brutale omicidio in Parco Sempione del noto e stimato giurista. C'è anche la lista dei tanti successi raggiunti in carriera e delle sue innumerevoli attività di beneficenza. Sul fronte delle indagini, soltanto la formula di rito secondo cui gli inquirenti non lasciano trapelare dettagli in quanto appena iniziate.

Non mi ero mai interessato in passato di quest'aspetto, ma adesso è tutto cambiato. Ho alzato il tiro e ho una missione da compiere.

Capitolo Sesto

La scala del successo

Marco Bordoni

Sento le note di *Non mi avete fatto niente*, la canzone di Ermal Meta e Fabrizio Moro che ha vinto a Sanremo qualche anno fa e che ho scelto come suoneria. Non sono sorpreso che sia la persona che mi aveva contattato dalla redazione di *Domenica Live*.

«Cosa le avevo detto? I riscontri sono oltre le aspettative. Lo sapevo! Mi hanno chiesto il suo numero diverse testate e pure un agente che organizza serate con personaggi che si prestano a fare da testimonial. Uomini immagine, insomma. Lui ha contatti nel mondo dello spettacolo e della pubblicità. Il mio consiglio spassionato è di farselo amico. Potrebbe sorprenderla, e se non si sperimentano le sue serate non se ne può avere un'idea esatta. A me è bastato andarci una volta. Non lo avrà mai visto, ma dietro ogni scoop c'è sempre lui.»

Chi avrebbe mai pensato a me come uomo immagine? Però, perché no? Notorietà, soldi e belle ragazze: nessuna controindicazione. Mi sono sempre considerato uno sfigato obeso e adesso voglio prendermi la mia rivincita. Sono pur sempre laureato e posso essere persino considerato un luminare, sebbene in un campo non troppo ortodosso.

Ti piace giocare, vero? Sei un bastardo assassino, uccidi senza provare emozioni. Non senti niente, sei convinto di avere dei motivi per fare ciò che fai, ma non è così. Smettila di raccontarti cazzate.

Non ne posso più, non voglio più sentirti. E poi non è vero, con l'avvocato mi sono sentito bene.

«La ringrazio. Cercherò di non montarmi la testa. Devo dire che lei ci ha creduto. Di sicuro più di me. Può passare il mio contatto senza problemi.»

Il tizio, Gabriele, è completamente fuori controllo, eppure sembra conoscere tutti, almeno quelli che contano dal suo punto di vista. Sveglio, senza peli sulla lingua, forse un po' troppo per i miei gusti, ma è diretto e chiaro. Neanche a dirlo, il suo ufficio affaccia sul Duomo. L'ascensore porta direttamente alla reception, dove mi ha accolto una ragazza dagli occhi di ghiaccio. L'ambiente è luminoso, i led si sprecano, ai muri sono appesi quadri dai colori intensi, forse di qualche pittore famoso.

Mentre lui parla, osservo con la coda dell'occhio le foto che campeggiano alle sue spalle con i protagonisti del mondo dello spettacolo. Alcuni li riconosco anche io. Sorridono felici insieme a lui, quasi tutti con un bicchiere levato al cielo. Mi soffermo in particolare sullo sguardo di una ragazza che non so chi sia, ma ha un magnetismo che mi farebbe fare qualsiasi cosa. Non posso distrarmi. No, non posso permettermelo.

«Ho sentito la tua storia. Sembra che lo abbiano fatto tutti, in un modo o nell'altro. Potrebbe esserti andata di culo che non c'erano altri scandali di maggior richiamo, ma... ehi, il mondo gira così. Ora vediamo se ci intendiamo.»

Si ferma e mi osserva. È in piedi dietro una scrivania che mi ricorda all'istante quella del dottor Sinise. Camicia aperta per mettere in evidenza un catenone d'oro giallo, magari per distrarre lo sguardo dalla pancia pronta a esplodere, un paio di occhiali alla moda e un bel bagno appena fatto in una vasca di profumo.

Resta in silenzio, ho il dubbio che si aspetti che io dica qualcosa. No, la palla è ancora sua, ne sono sicuro.

«Voglio che mi segua attentamente. Oggi si parla di te, domani forse e dopodomani... chi sei tu? Le notizie corrono, ce ne sono di nuove ogni secondo. Il punto è: chi decide quale storia dare in pasto al pubblico? Non voglio sembrarti spaccone, per questo c'è già il mio amico Ibra, ma... vedi? Una notizia scade, si esaurisce. Il personaggio no, invece, se siamo bravi a farlo durare. E come, ti starai chiedendo?»

«Scusi se la interrompo. Io non conosco il suo mondo, ma sono concreto. Immagino che abbia recitato la sua parte tante volte a persone sedute dove sono io adesso. Non lo discuto, è il suo mestiere. Voglio solo capire cosa si aspetta da me e come funziona. Non è un problema di morale, sono sempre stato moralista soltanto per salvare le apparenze, ma di opportunità. Se si immagina che vada a dire cazzate in programmi spazzatura... no, non fa per me. Sono astemio e su questo non si discute. Non ci saranno foto mie distrutto dal dolore o da chissà cos'altro, magari accasciato fuori da una discoteca. Credo che sia importante mettere le cose in chiaro da subito.»

«Eh, ci ho proprio visto lungo con te. Sì, mi piaci. Hai l'approccio migliore. Ti propongo alcune serate. Arrivi, il dj del locale ti annuncia, boato della folla e anche di chi non ha la minima idea di chi tu sia, o è troppo fuori per rendersene conto. Poi tu dici due parole che non ascolterà nessuno, ringrazi, "è un piacere essere qui con voi", bla bla bla. Ci sarà qualche bella figa che ti condurrà al privé, dove risponderai a eventuali curiosità dei presenti. Un'oretta e ti porti a casa mille euro. Pratico, pratico! Hai la partita IVA? Hai problemi con la figa, a proposito? Anche se non mi sembra, prima fissavi la foto della mia piccola Eliana. Quella è una topa fotonica, ma è dura starle dietro. In ogni caso, se volessi lei non ci sarebbe alcun problema a fartela conoscere. Poi sta a te.»

Non mi pare il caso di darti una mano, ma... hai capito il personaggio che ti trovi di fronte?

Non me ne intendo, ma mi pare un po' troppo euforico per i miei gusti. Oltretutto, tira su col naso di continuo. Temo di dovermi abituare a chi si aiuta così per stare al passo.

«No, niente partita IVA, anche se non vedo alcun problema ad aprirla. E nessun problema nemmeno con le donne. In ogni caso, sono qui per parlare d'affari e per le fighe posso vedermela da solo.»

«Perfetto, era soltanto per sapere. Che poi io non è che sia proprio un sostenitore delle fatture. Un sacco di carte, tasse, non ti rimane in tasca niente. Però un minimo dobbiamo farlo, ho degli accordi con i gestori.»

Non mi sembra una domanda la sua, senza contare che non mi pare proprio il caso di fare il pignolo su questo tema.

«Oh, sì, prima di dimenticarmi... è fondamentale! Non ti si può vedere. Devi passare dal mio grande amico Luca Veltri, al suo salone Anadema in corso Lodi. Non t'immagini neanche, lui può fare miracoli con le mani che si ritrova. Non sembrerai lo stesso, sarai una persona nuova, più sicuro di te. Poi sarà la volta di rinnovare il guardaroba. Dalla Barbara eri troppo ingessato, meno male che ti ha aiutato a tirare fuori la tua storia. Che so, una collana, un bracciale, un anello. Nulla di vistoso o volgare, qualcosa che dia carattere.»

«L'esperto è lei. Basta che non sia oro giallo, farebbe troppo ghetto.»

Non coglie il riferimento o, forse, non gli interessa.

«Ah, un'ultima cosa. Non ti ho chiesto a caso se hai problemi con le donne. Non hai idea di quante ragazze ti si proporranno senza giri di parole, in modo molto esplicito, anzi sfacciato. È ovvio che di te non fregherà niente a nessuno, non cercheranno la favola da principessa, ma solo scopare con un personaggio della televisione. Te l'assicuro, è qualcosa che non passa mai di moda. Va' a capire perché, non sono un sociologo del cazzo. Tutto chiaro?»

La prima serata all'Hollywood di corso Como è andata molto meglio del previsto. Avrei preso volentieri la metro, per evitare di dover parcheggiare in centro, ma dopo aver studiato la strada su Google Maps ho deciso di correre il rischio. Sapevo che avrei finito tardi e non avevo nessuna intenzione di dover tornare in taxi. Ho trovato posto davanti all'insegna del pronto soccorso del Fatebenefratelli, l'ospedale oftalmico. Ci avevo accompagnato la mamma quando le era entrata una scheggia nell'occhio che non smetteva di sanguinare, per fortuna senza lasciare conseguenze permanenti.

Devo ammettere che il taglio nuovo mi ringiovanisce, aveva ragione Gabriele. A parte la fede calcistica per la seconda squadra di Milano, come amava dire sempre mio padre, è stato davvero piacevole farmi coccolare da Luca Veltri. Ci tornerò di sicuro.

Pantalone nero, maglia grigia sotto la giacca, una collanina girocollo, uno smartwatch rotondo. Però niente anelli, non fanno per me. Mi hanno chiesto di salutare il pubblico dalla console e poi passare fra i tavoli del privé, una gabbia di matti dove lo champagne scorre a fiumi e senza badare a spese. Sono tutti su di giri, la maggior parte non sono neanche in grado di mettere in fila due parole. I presenti si sono eccitati molto per la presenza di alcuni giocatori del Milan, ma non ho idea di chi si trattasse. Uno in particolare, però, mi ha colpito: faccia da ragazzino, alto, nero che di più non si può, vestito con pantaloni larghi e una camicia scollata da cui sbucavano una decina di collane. Ha avuto un sorriso per tutti.

Penso all'ironia della sorte. Papà sarebbe stato orgoglioso di vedermi in un contesto simile, nello stesso posto con quelli che per lui erano i suoi ragazzi, eroi capaci di accendere la passione come nient'altro. Oltre la cinghia sulla mia schiena, s'intende.

Altro motivo di soddisfazione, da maschio italico, sarebbe stato senza dubbio il mio nuovo successo col gentil sesso.

Come si chiamava la tipa che ti sei fatto in bagno? Non si reggeva in piedi, non ti sei nemmeno posto il problema. Vuoi un applauso? Stai alzando sempre di più l'asticella, cosa mi devo aspettare adesso? L'hai mollata sulla tazza del cesso mentre stava vomitando l'anima. Chi sei tu? Forse dovrei smettere di sorprendermi.

Quando ho lasciato il locale stava ancora arrivando gente. Ho avuto la sensazione che di lì a poco sarebbe scoppiato. Un paio di ragazze, all'uscita, mi hanno salutato come se mi conoscessero da sempre, ma io non ho la minima idea di chi fossero. Non si è fatto così tardi come avevo presunto e la passeggiata fino alla macchina, passando davanti all'enorme vetrata di Eataly, ormai deserto, mi è servita per alleviare il fischio ficcante che mi rimbombava nelle orecchie.

Metto in moto e faccio inversione sul pavé, attraversando i binari senza arrivare fino al semaforo. Nella mia vita precedente non lo avrei mai fatto, anzi avrei puntato il dito contro simili pazzi.

Una volta a casa, mi scoppia la testa e non mi preoccupo di non trovare la mamma in piedi ad attendermi. Non sono abituato a certi ritmi e ancora non sono in piena forma, anche se va già molto meglio. Un ronzio costante mi martella il cervello. Lo ha fatto tutta la notte. Almeno ha silenziato gli incubi che stanno pian piano tornando. Li sento.

Ho in agenda l'ultima seduta con Alessia, la fisioterapista, in Sacra Famiglia. Dopo il nostro repentino avvicinamento mi sono chiesto come sarebbe più opportuno comportarmi. Ho deciso di optare per un atteggiamento normale, come se non fosse successo nulla.

Continua a fissarmi in un modo strano, sorride a sproposito. Per fortuna non siamo soli in palestra e preferisco non raccogliere le sue provocazioni.

Alla fine, mi segue fino all'entrata dello spogliatoio.

«Bene, Marco. È stato un grande piacere lavorare con te. Hai fatto progressi importanti in un tempo minore del previsto. Adesso dovrai mantenere il tono muscolare con gli esercizi che hai imparato qui.»

Mi si accosta cambiando in modo rapido posizione, mi porge un bigliettino e sussurra di essere disponibile per sessioni private in qualsiasi momento.

Puoi invitarla a casa con mammina... come la vedi? Fai il grand'uomo, ma non riesci a tagliare il cordone ombelicale.

Tu non puoi capire, è molto più complicato di così.

Abbozzo un sorriso mentre lei torna sui suoi passi, dal paziente successivo, un anziano appena operato all'anca che ci ha tenuto la volta scorsa a raccontarmi nei minimi dettagli tutte le visite che ha fatto prima dell'intervento: dove gli hanno infilato le viti, quanto è brava la *nostra* Alessia e altro.

Mi tornano in mente le scene del mio rapporto con la fisioterapista e avverto un indurimento nelle zone basse. Alessia è una ragazza che non si fa troppi problemi, ma troppo muscolosa per i miei gusti. A differenza di Bea, di cui infatti trovo altri messaggi con i quali mi chiede di passare da lei. L'allusione è piuttosto esplicita, ma non ho intenzione di avere una relazione stabile. Non posso.

Stasera avrò un'altra festa. Stavolta privata.

Una volta entrato nell'era moderna, ho scoperto le fantastiche funzioni di Google Maps, pensionando per sempre il vecchio *Tuttocittà*. Ho impostato la destinazione e ho raggiunto la location in via Savona.

Devo ancora prendere la mano con il volume della voce guida, ma mi pare di aver già fatto un passo avanti importante.

Non avevo idea che fossero stati ristrutturati i vecchi magazzini per farne spazi postindustriali. Non mi è ben chiaro cosa ci si aspetti da me, cerco il contatto che mi ha indicato Gabriele, un tizio secco, bianco come un fantasma e lo sguardo spento. Mi spiega che dovrò fare una sorta di passerella fra i vari tavoli della cena aziendale e fare conversazione con i presenti. Non hanno pensato a una presentazione vera e propria perché sono stato richiesto in particolare dai committenti, così li chiama. Non capirò mai come funziona né perché mai dovrei risultare di interesse per dei perfetti sconosciuti, ma meglio non farsi troppe domande.

«Scusa, tu sei Marco Bordoni del Cattaneo?»

«Sì, perché?»

«Sono Laura! No, eh?! Non mi riconosci?»

«Certo, come no. Laura Pestalozzi. Abbiamo fatto insieme il biennio.»

«Ah, ok. Quanto entusiasmo, però...»

«No, perdonami, sono solo sfinito. Questo non è il mio ambiente, non ci sono abituato. Anzi, ti va di uscire fuori a prendere un po' d'aria?»

«Sì, volentieri.»

Ci ritroviamo sul terrazzino con un enorme fungo accanto, uno di quelli per riscaldarsi all'aperto e attorno al quale stazionano frotte di ragazze vestite di tutto punto, o sarebbe meglio dire in alcuni casi *svestite*, con la sigaretta accesa fra le dita. Non ho ben compreso di quale azienda si tratti, credo che abbia a che fare col settore della pubblicità e della moda.

Ci dirigiamo nella direzione opposta, verso il parapetto. Mi ha colto di sorpresa, non pensavo d'incontrarla. Ai tempi della scuola a me piaceva Natasha, che però mai mi ha degnato di uno sguardo, neppure di compassione. Restavo ore a fissarle, da due file più indietro, i capelli che le ricadevano sulle spalle, il suo culo perfetto che mi sarebbe piaciuto prendere e... Ero però un caso disperato, quindi nessuna possibilità. Non avevo mai osservato Laura nella prospettiva in cui la vedo stasera. Non riesco a trattenermi dal fissarle le tette, quelle che all'epoca non aveva così, insieme al suo sguardo malandrino che, non so bene perché, mi attrae parecchio.

Mi piacerebbe capire chi non ti interessa. Ormai sei fuori controllo.

«Mi hai incuriosito, prima, quando ti hanno presentato al tavolo di fianco al mio. Avevo sentito parlare di questa storia senza sapere che riguardasse proprio te.»

«Non è stato piacevole. Adesso, poi, mi hanno infilato in queste situazioni che non mi appartengono. Non so se sto facendo la cosa giusta. Io sono un signor nessuno, non mi interessa finire al centro dell'attenzione. E tu, invece? Come mai sei qua?»

«Si vede così tanto che non c'entro niente con quelle strafighe?»

Tosta la ragazza. Scapperai anche da lei, tu non sei in grado di stabilire un vero rapporto umano.

«Non volevo dire questo, no. Anzi, non sei per niente fuori posto...»

Percepisco un suo sorriso compiaciuto, prima che distolga lo sguardo dalla parte opposta.

«Te lo ricordi Beppe?»

«Chi? Grandinetti? E come dimenticarlo! Era l'unico che ci stava dentro della classe.» E che non mi prendeva per il culo, anche se avrebbe potuto. Sbavavano tutte dietro a lui, ma era un tipo a posto con la battuta sempre pronta e nessuna voglia di studiare.

«Proprio lui. Hai presente le Vibram five fingers?»

«Veramente no... cosa sono?»

«Dai, non puoi non conoscerle! Sono le scarpe con le dita, le hanno un sacco di sportivi famosi. Ecco, le ha inventate lui con dei suoi amici. Adesso è il direttore commerciale a livello globale, mondiale, dell'azienda. Frequenta gente da capogiro, conosce a menadito l'inglese e il cinese. Lui mi vuole un sacco bene e ogni tanto m'invita alle sue feste.»

«E ora... è qui?»

«È andato via da poco, aveva un'urgenza di famiglia. Sai, è anche un padre modello.»

«Tu pensa! E chi l'avrebbe mai detto? Piuttosto, raccontami di te. Cosa fai di bello?»

«C'è una domanda di riserva? Proprio di bello non saprei. Lavoro presso uno studio commercialista, ho tre figli ormai grandi e sono rimasta sola. Ti basta?»

Cosa intende per *rimasta sola*? Ha subìto una perdita oppure un abbandono? Nel primo caso dovrei dimostrarmi dispiaciuto, comprensivo, nel secondo ne potrei approfittare. Non mi sembra opportuno infilarmi in discorsi delicati o sparare banalità invadenti. E lei, infatti, pare non attendersi alcun mio commento.

«E tu, invece... Adesso stai cavalcando l'onda, ma... poi?»

Non avevo previsto una domanda così diretta. Mi piace.

«Sai che non ci ho ancora pensato? È successo tutto così in fretta che non mi sono posto la questione. Qualche settimana fa ero in terapia intensiva fra la vita e la morte. Quando mi sono svegliato ho avuto la certezza di essere rimasto paralizzato. Ero convinto di non essere più in grado nemmeno di uccidermi, se l'avessi voluto.»

Sto parlando troppo, l'amarcord non fa un bell'effetto. Laura ha questo sguardo che sembra indagarmi l'anima, devo allontanarmi. Però non voglio, mi sento attratto da lei. Non solo fisicamente.

«Mi ha fatto sul serio piacere rivederti, Laura. Ora, però, credo di dover tornare dentro, in fondo sto lavorando, anche se non mi è ancora chiaro l'impiego.»

«Aspetta, scambiamoci i numeri di telefono. Ogni tanto ci si ritrova con i vecchi compagni e potrebbe essere una bella occasione per farlo tutti insieme, no?»

«Io ero il ciccione sfigato con cui non voleva stare nessuno...»

«Se è per questo, c'era pure chi diceva che io portavo male. Mi pare che sia ormai caduto tutto in prescrizione. Noi, poi, gli stronzi non li invitiamo!»

«Non ti offendere, non ho bei ricordi di quegli anni. Se non ci siamo più incrociati ci sarà un perché. Ciao, ti saluto.»

Adesso raccontami che l'hai mollata così perché hai voluto salvare anche lei. La verità è che hai ancora la paura di fallire, se non si tratta solo di una scopata garantita e via.

Capitolo Settimo

Uno zoccolo duro

Marco Bordoni
Ero in cucina, sdraiato sotto al tavolo, e piagnucolavo con la mamma.

«Ho il mal di pancia, oggi non posso andare in piscina, poi prendo freddo.»

«Tutte le volte la stessa storia! Abbiamo pagato per tutto l'anno e tu non puoi ogni volta inventare una nuova scusa!»

«Ma io ho davvero mal di pancia!»

«Da quando se n'è andato il maestro Fabio non vuoi più andare. Devi imparare a stare con tutti, non solo con le persone che ti sono simpatiche. Non voglio che anche tu cresca come tuo padre, con la paura dell'acqua.»

«Non è l'acqua a farmi paura, sono gli zoccoli che arrivano sulle mani se mi fermo a metà corsia a respirare. Io non ce la faccio a fare avanti e indietro senza sosta, non ho abbastanza fiato.»

«Se la maestra dice che puoi, vuol dire che è così! Non devi arrenderti davanti alle prime difficoltà.»

No, mamma, ma vorrei evitare, una buona volta,

che qualcuno mi picchi. Ho solo sette anni. Come posso difendermi da solo se nessuno mi aiuta?

Se chiudo gli occhi sento ancora quella voce stridula e potente, capace di sovrastare ogni rumore: «Bordoni? Bordoni?! Stacca quelle mani, non ti devi attaccare al bordo della vasca!».

Non ce la faccio, sono terrorizzato. Non tocco, mi devo aggrappare per forza. Non la vedo, anche se so che sta arrivando mentre arranco. Un colpo che mi fa mollare la presa, ma io non demordo e riattacco la mano. Un altro colpo di zoccolo. Perdo l'equilibrio e mi finisce la testa sotto. Annaspo, bevo acqua con quel sapore di cloro che non sopporto. Mi entra nel naso, nella bocca. Non respiro.

«Muovi quelle braccia, riprendi la linea come t'ho insegnato!»

Io non posso, sto annegando. Appoggio entrambi i gomiti sulla canaletta per il deflusso dell'acqua. Alzo la testa e la guardo con occhi carichi d'odio. So che vuole spingermi via, ma si blocca, come spaventata. Si allontana. Io respiro a lungo.

Mi sveglio in piena notte in debito d'ossigeno. Sono sudato anche se l'aria è fresca, con i caloriferi spenti da un po'. Esco dalle coperte e accendo il PC.

Edvige Scano, un nome che non posso dimenticarmi. Sono fortunato, ce n'è soltanto una che ha una cinquantina d'anni, vive a Corsico e fa la consulente finanziaria. I casi del destino: saremmo potuti diventare colleghi. Senza scorrere troppe altre foto, ne trovo una in piscina con una didascalia che conferma le mie certezze: «La mia più grande passione da sempre!». C'è anche la faccina con i cuoricini. Io avrei invece scommesso che la sua passione fossero gli zoccoli di legno.

Riconosco i palazzi di via Copernico, civico 63. Ci abitavano alcuni miei compagni di scuola. Casermoni paralleli inconfondibili, con bei giardini nel mezzo. Quando ci passavo vicino, pensavo che fosse il posto giusto per giocare tutti insieme, con altri bambini sereni, senza nessuno a cui venisse in mente di chiuderti in un sacco nero della spazzatura per trascinarti lungo il cortile mentre ti prendeva a calci e pugni. O forse sarebbe successo lo stesso, non lo so. Non dipendeva dal luogo, in fondo, ma da me.

Certo che sei uno psicopatico, perché lo sei, ma ne hai passate tante. Perché non ti fai aiutare da qualcuno? Dico davvero, non è la solita provocazione.

Come se fosse semplice. E da chi? Chi mi potrebbe comprendere, prima ancora d'aiutarmi?

So cosa devo fare. Nonostante il freddo pungente, mi apposto davanti al cancello quando non è ancora sorto il sole. Magari sarò fortunato. Indosso la mia consueta divisa, ormai. Saltello a lungo sul posto, però non demordo. Ho lasciato il cellulare a casa, spento, come l'ultima volta. Prima non mi sarei posto il problema, ma adesso mi sembra un'accortezza coerente.

Si è fatto giorno e dell'istruttrice non si è vista traccia. Potrebbe pure non uscire di casa, per quanto ne so. Mal che vada, tornerò domani e dopodomani e il giorno dopo ancora.

La pazienza è sempre premiata. La vedo arrivare a passo svelto dal vialetto mentre s'infila in mezzo ai palazzi. La riconoscerei fra mille. Non ricambia il saluto del portinaio, che nel frattempo ha aperto la casetta di fronte a me, e mi sfila di fronte. La seguo con lo sguardo prima di muovermi. Si dirige verso la piazzetta con alcuni negozi. Attraverso la strada e la vedo imboccare una via poco battuta che sbuca dietro l'oratorio che frequentavo da bambino. La stradina è deserta. Mi sorprende sempre ritrovarmi al centro di luoghi affollati, come questi palazzi popolati come alveari, ma sentirmi comunque solo. E, in fondo, non è così soltanto per me. A Milano sono tutti maestri nel farsi i cazzi propri.

Allungo il passo e le sono alle spalle. La supero e inciampo. Lei si ferma e mi chiede se va tutto bene, mi mette una mano sul braccio e io la colpisco con uno zoccolo di pelle bianca, il suo preferito. Non urla, ma indietreggia. Mi fissa con la stessa espressione di quel giorno di tanti anni fa. Vorrebbe scappare, ma non le regalo il tempo. Non ho più sette anni. La colpisco alla testa con un martello. Vedo schizzare pezzi di cranio verso il murale retrostante, una enorme scritta gialla su fondo azzurro. Secondo me l'autore apprezzerebbe questo tocco, anche se non sono un intenditore d'arte.

Mi ci vuole un istante per realizzare che qualcuno ha iniziato a strillare da un balcone.

Fammi gustare il momento. Non sarò stato io a prenderti, d'accordo, ma non voglio perdermi la scena finale.

Non mi volto in direzione della voce, che si somma a un'altra più vicina, e provo ad affrettare il passo più che posso verso l'oratorio.

«Correte, correte! È poco più avanti di voi!»

Il rischio è altissimo. Affretto la falcata e inizio a trotterellare, il meglio che possa fare, fino a sbucare davanti al centro civico. Devo riflettere in fretta. Decido di tagliare per il parco Giorgella per tornare alla macchina, che ho lasciato, per sicurezza, dove c'è il mercato del sabato sulla Vigevanese.

Ho le vertigini, mi manca il fiato, mi si annebbia la vista. Sento voci alle mie spalle, non so quanto siano distanti né se ce l'abbiano con me, anche perché sono sovrastate da un fischio sempre più intenso. Potrebbe essere la fine, ma non vedo un solo motivo per arrendermi. Se sono più bravi di me devono prendermi.

Una fitta che parte dallo sterno mi spacca in due, ma non posso fermarmi proprio adesso. Arranco fino alla mia Corsa. La mano mi trema e mi ci vuole un attimo per inserire la chiave nell'accensione. Appena metto in moto, scruto davanti a me e mi sembra di non scorgere anima viva. Mentre faccio manovra per uscire dal parcheggio, controllo meglio. Tutto regolare, nessuno in vista.

Prima di chiudere la macchina avevo verificato che non ci fossero telecamere. Negli ultimi tempi pare che non sappiano più dove metterne. Parto e scelgo di fare il giro lungo. Invece d'invertire la marcia, al semaforo proseguo dritto, supero il dazio e torno indietro all'incrocio del Vodafone Village.

Succederà, perché non può che andare così, deve andare così. Hai avuto fortuna stavolta, se ti avesse seguito qualcuno più in forma di te ti avrebbe raggiunto senza difficoltà.

Non mi sento troppo sicuro, né volevo osare così tanto.

Arrivo a casa e nello specchio dell'ascensore mi vedo più pallido del solito. Ho chiesto a me stesso uno sforzo che ancora non posso permettermi, ma non avevo alternative.

La mamma non è a casa. Non ho tempo per capire dove sia. Ho soltanto bisogno di stendermi sul letto.

«Forforone! Forforone! Ehi, Bordoni, dico a te!»

Odiavo l'allenatore. Mi umiliava sempre di fronte a tutti. In allenamento non perdeva occasione per dirmi che ero un buono a nulla. Non dimenticherò mai cosa mi disse, col suo inconfondibile accento romanesco, dopo aver visto con gli altri *Abbronzatissimi*, uscendo dal cinema del centro a Corsico, prima che il locale chiudesse per sempre. «Forforo', hai detto alla mammina che hai visto qualche tettina? Sei andato a confessarti dal prete?» Mi chiamava così perché negli spogliatoi preferivo sbrigarmi e mi davo soltanto una rapida sciacquata dal fango. La mamma preferiva che mi lavassi poi bene a casa.

Non badava mai al fatto che tutti lo sentissero. Quando succedeva, avevo deciso di fingere di non capire che stava chiamando proprio me, nella speranza che prima o poi la piantasse. Ma non accadeva mai. Finché non decisi di interrompere gli allenamenti e di chiudermi definitivamente dentro casa, al riparo da qualsiasi incidente esterno.

Papà non perdeva occasione di dargli manforte, se la intendevano con i metodi da sergente di ferro e anche con la bottiglia. Ero consapevole di essere sovrappeso, scoordinato, ma secondo lui era solo questione d'impegno. Mi aveva obbligato tante volte ad andare a casa a piedi dal Giorgella passando per una vecchia fabbrica abbandonata, senza nemmeno portare in macchina il borsone pesante. Sbucavo sulla Vigevanese tagliando dai campi, transitavo sotto il ponte e risalivo davanti all'asilo che aveva frequentato mio fratello, fino a imboccare via Fermi. Era il suo metodo educativo. Non riusciva ad accettare che mai e poi mai avrei raggiunto ciò che da sempre rappresentava il suo più grande desiderio, cioè indossare da calciatore la maglia del Milan. Al massimo avrebbero potuto prendermi per andare in giro sugli spalti di San Siro a vendere patatine e bibite.

Carlo, l'allenatore, sottolineava in ogni momento la mia incapacità, nelle poche occasioni in cui mi schierava in campo. Sapevo che qualunque pretesto era buono per lui per umiliarmi davanti a tutti.

Ero lento e impacciato. Soltanto pochi anni prima non potevo pensare di far altro che correre dietro a un pallone, ma erano già riusciti a distruggermi ogni sogno. Tutto era cambiato dopo ciò che era successo con Gigi e i suoi *giochi*.

Tanto non fregava nulla a nessuno.

«Dai con quel culone! La vuoi smettere di riempirti di merendine?!»

Durante l'allenamento il resto della squadra mi aveva distanziato di metà campo. Non ce la facevo, non potevo. Sentivo che tutti ridevano di me, non si preoccupavano neanche di nasconderlo un minimo. Pier e Andrea erano gli unici a dire agli altri di farla finita. Erano i migliori della squadra, non solo con i piedi.

Prima d'iniziare ad accanirsi contro di me, Carlo ce l'aveva con Maurizio. Lui giocava esterno sinistro e in tutte le partite in panchina c'erano almeno tre esterni sinistri: al primo errore, fuori. Stavamo giocando il derby contro il Corsico e dopo pochi minuti Maurizio aveva sbagliato un passaggio: sostituzione immediata.

Il match era ripreso e lui era entrato nello spogliatoio urlando come un indemoniato, sbattendo la porta e facendo un casino pazzesco. Io dalla panchina mi ero alzato per andare a vedere, ma Antonio mi aveva tirato per la tuta, facendo segno di no con la testa, e mi ero così riseduto. Alla fine del primo tempo trovammo le panche degli spogliatoi ribaltate, le borse ammucchiate in un angolo, i giubbotti per terra. Fu il mio turno, lo capii ben presto. Carlo mi aveva già appellato con il simpatico nomignolo, Forforone, ma fin lì in modo sporadico. Da quel pomeriggio il suo bersaglio preferito diventai io.

A casa non potevo parlarne, di sicuro non con papà, ma nemmeno alla mamma. Avevo paura che lo riferisse a lui e i guai sarebbero aumentati.

Pensai tante volte di farla finita. Magari buttandomi sotto un'automobile in corsa, lanciandomi nel vuoto dal balcone di casa, aprendo la portiera in corsa e lasciandomi cadere dalla macchina di papà. Tanto non sarebbe cambiato niente, non sarebbe importato a nessuno. Forse solo quando nacque mio fratello Luca ebbi una speranza, ma fu presto delusa.

Un giorno pioveva a dirotto. Il campo era una distesa di pozzanghere. Credevamo che non ci saremmo allenati. Carlo, però, non era della stessa idea. Antonio si era divertito a lanciarsi in scivolata dentro la pozza più grande, ed era stato anche per me un momento spensierato in cui ero riuscito a liberare la mente, lasciandomi andare al suo esempio. Si erano accesi i riflettori e dovevamo ormai rientrare negli spogliatoi.

«Potete andare a farvi una bella doccia calda. Io resto qui con Forforone. Quale migliore occasione pe' butta' giù un po' de panza?»

Mi fece correre, flessioni per terra, balzi. Continuavo a cadere, ricordo le gocce di pioggia sulla faccia, scivolavo, non riuscivo a stare in piedi. Non saprei dire quanto sia durata.

Nella stradina dal campo allo spogliatoio, al buio, incrociammo mio padre che ci stava venendo incontro con l'ombrello. Io ero sfinito, ma felice che una volta tanto avesse avuto un pensiero nei miei confronti.

«Carlo, vieni sotto che almeno un po' te la risparmi. Lo hai fatto lavorare una buona volta, eh! Ti ringrazio. Magari stavolta capisce cosa vuol dire la fatica e decide d'impegnarsi.»

Io mi fermai, mentre loro si allontanavano senza neppure accorgersi della mia assenza.

Non sto dormendo. Non è il solito incubo, ma ricordi che mi travolgono. Piango, per la prima volta dopo tanto tempo. Si è rotto qualcosa dentro di me, come una voragine che ha fatto crollare lo strato superficiale per far uscire di nuovo tutto allo scoperto.

Ho paura di guardarci dentro, ma non posso più sottrarmi.

La testa mi scoppia, devo riposare.

Capitolo Ottavo

Il buco nero

Marco Bordoni
Devo trovare il modo di staccarmi la testa. I ricordi mi stanno fottendo il cervello. Dopo l'avvocato e l'istruttrice di nuoto, ora il mister. Tutte persone che mi hanno fatto male, senza neanche rendersene conto.

Devo dire che è tutto molto più articolato di quanto possa sembrare vedendolo da fuori, anche se resto convinto della mia idea. Benché nessuno si soffermi a riflettere sui danni che possono fare le figure educative, o che tali dovrebbero essere, ma che non hanno la minima capacità nei confronti dei bambini che gli vengono affidati.

Non mi dire che ti stai intenerendo.

Nemmeno un po'. Anche perché, scusa, cosa ti rende diverso, migliore, di chi mandi all'altro mondo? Te lo sei mai chiesto?

Sto per rispondere al fastidioso omino del cervello quando sento la canzone che ho scelto come suoneria. Corro in camera a cercare il telefono, che trovo sotto al cuscino. Sto perdendo il mio ordine proverbiale e questo mi spaventa.

Guardo il display: è Gabriele.

«Bello, hai fatto centro! Ci hanno richiesto uno speciale, si è mosso Tony Capuozzo in persona. Vogliono fare un confronto in diretta, pare che a spingere ci siano persone influenti in Mediaset. Ho parlato con i miei contatti e mi hanno fatto intendere che ci sono pure interessi politici in ballo. Io, è chiaro, ho provato a tirare sul prezzo. Non ti dico ancora la cifra garantita, ma gli zeri saranno comunque quattro.»

«Senti, sto facendo il giullare alle tue feste, rischio di diventare sordo. A questo punto preferisco mantenere un profilo basso. I soldi stanno cominciando a girare come avevi previsto, ma... perché rischiare? Un confronto con chi, poi?»

«E qui viene il bello. Capuozzo ha invitato l'ispettore capo Lupatelli, il successore di Barzagli! Non ha ancora dato conferma sicura, ma so che i vertici della polizia stanno premendo affinché accetti, non vogliono che l'errore di un caso isolato screditi tutti.»

Questa è bella davvero! Adesso voglio vedere se hai le palle. Lupatelli è un osso duro, non sarà facile per te. Ha sbagliato, ma non è uno di quelli che sbagliano due volte.

«Allora il discorso cambia, accetto.»

Non sapevo se sperare che il piano che avevo escogitato in vista della prima intervista sarebbe andato in porto, anche perché non potevo conoscere, se non a grandi linee, i meccanismi del mondo dello spettacolo, ma è andata proprio come avrei voluto che andasse. E adesso sono pronto per un finale che nessuno si aspetterebbe di sicuro. Oserò tantissimo, questo lo so, ma sono disposto a correre il rischio.

Se dopo il duplice omicidio al cantiere a due passi

da casa gli inquirenti avessero trovato la mia macchina, con i profondi graffi sulla carrozzeria, avrebbero avuto in mano l'unico elemento concreto con cui potermi collegare a uno degli omicidi. La mattina precedente alla tragedia diversi operai mi avevano visto litigare col capocantiere. Dopotutto, erano gli stessi che avevano pensato bene di vandalizzare la mia Corsa. Non sarebbe stato sufficiente per incastrarmi, ma avrebbero avuto in mano qualcosa da cui partire.

Ho deciso di giocare a carte scoperte e andare fino in fondo.

Se fossi ancora vivo comprerei i popcorn. Sono proprio ansioso di godermi la scena.

Lo studio è diverso dalla mia precedente esperienza televisiva: non più l'11, ma il 15.

Ero curioso di sapere se avrei incrociato Lupatelli prima d'iniziare la trasmissione, per esempio al trucco, ma ci tengono separati. Non mi sarebbe dispiaciuto scambiare due battute con lui prima di cominciare.

Mi hanno informato che Capuozzo in persona mi vuole parlare prima di andare in onda. Ci incontriamo in una saletta insonorizzata. Ha un bloc-notes in mano, appoggiato sopra un tablet.

«So che lei si è ormai abituato alle telecamere, quindi non mi preoccupo di questo aspetto. Inutile precisare che non vogliamo dare un taglio scandalistico, ma legato ai soli fatti. Sottoporrò all'ispettore capo domande tecniche legate alle indagini svolte, per arrivare alle conclusioni a cui sono giunti. Ho intenzione di fare il punto rispetto agli omicidi irrisolti, se ci sono delle piste calde.»

Si interrompe, consulta le carte, sfoglia le pagine,

seleziona qualcosa sullo schermo. Mi guarda come fa spesso con i suoi ospiti più ostici in televisione. Lui da sempre, e per distacco, è il giornalista più amato da mia madre.

«Mi rendo conto della delicatezza della situazione, ma, se per lei non ci sono problemi, vorrei parlare anche di sua madre e della sua relazione con Paola Muranti. Mi sembra fondamentale per definire i contorni della vicenda; mi rendo conto che è trascorso poco tempo e potrebbe non essere facile per lei. C'è qualche aspetto che preferisce non toccare?»

Congiungo le mani e sospiro. Devo mantenere l'atteggiamento di un uomo ferito che sta provando a uscirne con grande sforzo.

«La ringrazio per la premura. Se sono qui è perché non voglio omettere nulla.»

«Mi permetta, ma ho visto la registrazione della puntata di *Domenica Live* e ha scelto espressamente di non parlare della sua compagna.»

«Era troppo presto, era la mia prima volta in televisione e non ero ancora pronto. E poi mi sembra di capire che lei voglia dare un taglio completamente diverso, più aderente alla cronaca. Questo fa la differenza.»

Sei stato bravo, sei riuscito a districarti bene. Adesso so che non ne hai ancora abbastanza. Vuoi sfidare il mio collega? Va' pure, porta avanti la tua follia d'onnipotenza. Io sarò qui a banchettare sul tuo cadavere.

Allora non capisci? Io lo faccio per te! Io ti rispetto, a differenza sua!

Smettila! Cosa vuoi sapere di me, di lui? Questa è la tua crociata, prenditi le tue responsabilità una volta tanto nella vita.

Siamo fuori dagli studi, la trasmissione è appena finita. Non è stato un vero e proprio confronto. Lupatelli era molto composto, ha spiegato le sue ragioni. Io non ho mostrato alcun rancore, è stato un modo per dire ciò che penso davvero.

«Sono convinto che chi rappresenta la legge faccia del suo meglio. Mi è capitato spesso di chiedermi come sia possibile che nei romanzi gialli o nei film gli investigatori trovino sempre la soluzione ai casi più intricati. Immagino che nella realtà sia molto più complesso. Ho letto la storia dell'ispettore Barzagli, ho sentito le dichiarazioni di chi lo conosceva. Si portava dietro il peso del fallimento di alcuni casi a cui non era riuscito a trovare soluzione. In particolare, se non erro, la vicenda di una coppia di fratellini uccisi.»

Mi è parso opportuno metterci in mezzo una pausa per tributargli l'onore delle armi. Non ho avanzato pretese, ho mostrato comprensione davanti a un uomo segnato dal dolore e dall'ossessione di non trovare, di nuovo, un colpevole. È stato Lupatelli a condannare ancora una volta le sue azioni, definendole indegne di un rappresentante della legge.

Basta! Tu non puoi distorcere la realtà come ti pare! Indossi una maschera, ma quanto dovrà durare questo gioco?

Non ho tempo da perdere con un grillo parlante che mi sfinisce la mente, devo parlare in privato con Lupatelli. È il gran finale che ho pensato apposta per lui. O forse non è che l'inizio?

«Ispettore capo, deve scappare? L'ultima volta ci siamo visti in circostanze poco piacevoli.»

«Mi aspetta mia moglie ed è tardi, Cologno è fuori

mano per me. Se ha bisogno di un passaggio, mi vedo costretto a declinare. Non vorrei apparirle scortese, ma non mi sembrerebbe opportuno.»

«Comprendo bene, ci mancherebbe. Anzi, ho la macchina proprio fuori dalla sbarra. Le rubo solo cinque minuti, vorrei mostrarle una cosa.»

È contrariato, non è stata una sua scelta libera essere qui stasera. Vorrebbe tornarsene a casa e lasciarsi questa brutta storia alle spalle. Cancellarla come se non fosse mai avvenuta.

«È molto importante per me. Ha a che fare con Barzagli, oltre che con lei.»

«Va bene, ma facciamo in fretta, per cortesia.»

Ci incamminiamo, saluto la guardia, che mi fa un cenno d'intesa, e attraversiamo la strada.

«La vede?»

«La sua auto, immagino. La famosa Opel Corsa che il capo voleva trovare a tutti i costi.»

«È buio, ma la osservi meglio. Faccia pure il giro.»

«Senta, è tardi e sono stanco. Non ho capito cosa voglia da...»

Si blocca con lo sguardo rivolto alla portiera. Ha capito. Sembra impietrito. Mi avvicino per osservarlo meglio, voglio godermi la scena. Appena mi vede indietreggia di un passo, come se avesse visto un fantasma. O un mostro.

«Adesso è tutto chiaro! Lei, lei, lei...»

Lo schernisco con un applauso al rallentatore.

«Vede com'è strana la vita? Soltanto pochi minuti fa lei definiva Barzagli... com'era? Ah, sì. Indegno. È un aggettivo forte, non trova? Non mi sembra uno stupido, non serve che le dica che non potrà dimostrare nulla né sapere dove mi sia to quel brutto segno. Quant'è trascorso? Due mesi? No, forse qualcosa di più. Ci tenevo che sapesse.»

«Perché? Dopo stasera era tutto finito... perché ha voluto portarmi qui? Mi sta sfidando? Vuole sentirmi dire che ho fallito?»

«No, nel modo più assoluto. Per chi mi ha preso? Se non fosse stato per lei...» lascio in sospeso la frase, prima di riprendere. «Il mio unico intento era che realizzasse quanto Barzagli fosse andato vicino alla verità. Lei non è stato il solo a dubitare di lui. In ospedale mi aveva addirittura confidato che anche la moglie si era convinta che la sua folle ossessione l'avesse indotto a valicare il limite tra il bene e il male, fra buoni e cattivi. Lei ora tenterà in tutti i modi di trovare qualche elemento a voi sfuggito che potrebbe incastrarmi. La invito soltanto a riflettere sulle conseguenze, e non solo per lei. Dovrebbe ammettere d'aver sbagliato tutto, di aver infangato la memoria di un collega senza ragione alcuna. E si ricordi di quello che ha detto davanti a... quanti? Saranno stati un paio di milioni di spettatori? Ci sarà di sicuro chi penserà che lei l'abbia fatto per prendersi il posto di Barzagli. E se fosse davvero così?»

«Lei ha fatto la mossa sbagliata. E si accorgerà quanto!»

«Mi rendo conto di cosa le sta passando per la testa. Vorrebbe risolverla qui, ora. Lei è convinto di essere diverso da me, ma non lo è nessuno in realtà. Tutti portiamo dentro i nostri demoni. Non è così?»

Alza un braccio nell'intento di caricare un pugno. Ho la sensazione che dietro di lui ci sia qualcuno che cerca con tutte le forze di trattenerlo. Ho atteso due ore, oggi pomeriggio, che si liberasse questo parcheggio. Era strategico per mettere in pratica la mia idea, ma anche ben in vista per il guardiano di notte e inquadrato da decine di telecamere.

Si gira su se stesso e, senza aggiungere una parola, inizia a correre.

Hai chiuso, hai puntato troppo in alto. Adesso te la farà pagare, senza dubbio. Metterà tutto il resto in secondo piano per riuscire a fermare un pluriomicida.

Ne sei proprio così sicuro, caro il mio *non più* ispettore capo?

Capitolo Nono

Una via d'uscita

Ispettore Lupatelli

Cazzo, cazzo, cazzo! Mi ha fottuto! Sono passati dei mesi, perché proprio adesso?

Seguendo il ragionamento di Barzagli, ero stato proprio io ad avere la geniale intuizione: dopo il ritrovamento dell'anziano sgozzato appena uscito dalla Posta a Cesano, e dopo aver isolato alcuni nominativi presenti insieme alla vittima, l'assassino non poteva che essere qualcuno che abitava nei paraggi del cantiere dove si era consumato il successivo duplice omicidio. Qualcuno che aveva parcheggiato lì davanti la sera precedente e a cui gli operai avevano vandalizzato la macchina scatenando una discussione col capocantiere, finito bruciato dopo poche ore insieme alla sua amante.

Barzagli aveva capito che l'omicida si accaniva contro qualcuno che gli aveva fatto qualcosa, che lo aveva umiliato o messo in difficoltà. Aveva insistito per trovare la macchina di Bordoni e per confermare la mia idea di restringere il campo procedendo con l'elemento territoriale. Era stata proprio la scia di omicidi in periferia a convincerlo che dietro ci fosse la stessa mano.

Lui ha creduto in me e io l'ho tradito.

Non ho orientato le indagini per fare carriera. Il dottor Fichera, lo psicoterapeuta che aveva contattato in via informale per farsi avallare una tesi basata su sensazioni ed esperienza, e persino la sua amata Nina hanno confermato che Barzagli era ossessionato e fuori controllo. Pure sua moglie, porca puttana!

La verità è che non mi aspettavo che avrebbe infranto le regole. Era un mastino vecchio stampo, nessun compromesso o scorciatoia, anche se con il tempo era un po' cambiato. Le prove erano il suo faro, quelle contro cui tante volte si era dissolto il suo intuito. «Senza prove non possiamo procedere», lo ripeteva sempre. Soffriva quando non riusciva a risolvere un caso, ed era successo tante volte. Che poi è stato il motivo per cui mai avrei pensato che avrebbe potuto infrangere le regole per dare la caccia a Bordoni.

Ore devo riflettere e devo farlo in fretta. Non è una questione morale, il semplice fatto che mi sto ponendo il dubbio significa che sono andato oltre.

Ha ragione quello schizzato maledetto. Sono stato in televisione a spiegare, a cercare di giustificare l'operato di uno stimato collega. Ed è stato proprio il commissario a insistere affinché ci andassi, io l'avrei evitato volentieri. Mai avrei immaginato di trovarmi in una situazione del genere.

Non ci vuole un genio per capire che ha colpito ancora e che voleva che lo sapessi. Ho parlato con i testimoni oculari dell'omicidio di Edvige Scano, che mi hanno detto di aver notato una leggera zoppia dell'assassino che, però, aveva troppo vantaggio per essere raggiunto dall'unico inseguitore, se così si può definire uno che pesa più di centocinquanta chili. Via Keplero è una striscia che congiunge via Copernico alla Vigevanese fino all'oratorio del quartiere. Negli anni è stata il bengodi dei graffitari e non solo. Quando ci passavo da ragazzino, mi guardavo sempre le spalle.

Non ho nessun dubbio che fosse lui.

La signora che ha assistito alla scena dal balcone mi ha riferito che la sua attenzione è stata attirata da un signore che è sembrato inciampare, subito soccorso da una donna che però lui ha poi colpito con qualcosa di bianco che dal balcone non è riuscita a distinguere. Dopo pochi istanti d'immobilità, l'uomo ha preso la rincorsa e le ha sfondato il cranio con un martello. Lei, la signora del balcone, piangeva disperata, appesa al marito che non riusciva a consolarla davanti al portone di casa. Continuava a ripetere quello di cui era stata involontaria spettatrice, come se non fosse possibile assistere a qualcosa di così brutale.

«Le ho visto uscire il cervello dalla testa... capisce? Così, senza un motivo. Com'è possibile? Ho iniziato a urlare, lui si è girato e se n'è andato camminando a passo veloce, ma senza correre. Zoppicava appena e si teneva il fianco, ma ha allungato il passo quando quel signore ha imboccato la strada. Non aveva nessuna possibilità di raggiungerlo, l'ho intuito subito. Allora vi ho chiamati, ma... ormai non lo vedevo più.»

Bordoni non parlerà mai, ha troppo da perdere. Ho visto come era a suo agio davanti alle telecamere. Sta recitando una parte e di sicuro stanno cominciando a girargli soldi e occasioni. Il punto è: per uno che ha condotto una vita da monaco tibetano, che effetto suscita entrare di colpo in un mondo così nuovo e scintillante? Perché rischiare tanto? Sa benissimo che le indagini per gli omicidi irrisolti sono ancora aperte. Indossava un cappello con la visiera calata sugli occhi, una sciarpa sulla bocca, i guanti. Tutti rudimenti che chiunque abbia visto due puntate di *CSI* ha imparato a conoscere. Barzagli sosteneva che con queste serie stavamo fornendo le istruzioni per l'uso a tutti gli psicopatici in circolazione.

Niente telecamere, e comunque non avrebbero potuto inquadrarlo. Ha un culo sfacciato, anche in Posta a Cesano erano tutte in manutenzione.

Mi preparo per una corsetta, ho bisogno di ragionare e di sfogare la rabbia. Il parco dei Fontanili, a due passi dal Beccaria, è il mio posto. Con cinque giri lunghi, passando dietro gli orti, faccio quasi dieci chilometri e butto fuori le tossine.

Mentre rompo il fiato, noto sul campetto da calcio un gruppo di ragazzi che mi sembrano sudamericani. Seguo l'azione del più basso di tutti, con i capelli mesciati e la palla incollata al piede. Finché un energumeno con la faccia cattiva entra duro e lo fa volare a terra. Subentrano altri tre in difesa del piccoletto. Mi domando se dovrei intervenire anch'io, ma non ne ho nessuna voglia. Se la vedano tra loro. Allungo la falcata e mi dirigo verso l'Ipercoop.

Sotto la doccia post corsa continuo a chiedermi cosa dovrei fare. Mi ha sfidato, vuole giocare con me. Sa di tenermi per le palle.

Sono certo che se indagassi troverei qualche collegamento con l'ultima vittima. E poi? Perderei tutto all'istante. Lui lo sa. Subirei quanto meno un'indagine disciplinare, verrei degradato, se non peggio. Gli elementi per la negligenza ci sono tutti, senza contare che sarei il colpevole perfetto da scaricare e da dare in pasto all'opinione pubblica. Vedo già la mia foto su tutti i giornali, cronisti sotto casa per scavare nella mia vita privata alla ricerca di scheletri nell'armadio. E non ci vorrebbe nemmeno troppo a trovarli.

Barzagli mi aveva dato un'altra possibilità, non posso dimenticarlo.

Mentre chiudo il rubinetto dell'acqua per insaponarmi, torno con la mente a quel pomeriggio d'estate.

«Entra e chiudi la porta.» Non serviva che aggiungesse altro, ma sapevo che sarebbe andato fino in fondo. Per me era finita. «Sai che dovrei fare rapporto e sbatterti fuori a calci nel culo, vero?»

«Ha ragione, ho sbagliato, lo so. Non ho giustificazioni per aver preso quei soldi, faccia ciò che deve. Sono pronto ad assumermi le mie responsabilità.»

«Voglio che tu mi spieghi, invece. Poiché, se dovessi farti rapporto, avresti chiuso.»

«Ho scoperto che mio suocero era finito in mano agli strozzini. Aveva dilapidato tutti i risparmi e non ha mai dimostrato altro interesse che per se stesso. Ha da sempre il vizio del gioco, scommetteva su tutto, e quelle rare volte in cui vinceva qualcosa non ha fatto altro che aumentare la frenesia e la posta. Faceva tutto per il poker e... e per le puttane. Francesca piangeva tutte le notti e credeva che io non me ne accorgessi. Era preoccupata per la madre, che avrebbe dovuto intraprendere dei controlli medici importanti, ma non poteva permetterselo. Lei le ha prestato qualcosa, ma il denaro lo ha trovato lui e se l'è fumato.»

Ero un fiume in piena, avevo bisogno di confessarlo a qualcuno. Tanto non avevo più nulla da perdere, ormai. Il capo mi fissava negli occhi e io non riuscivo a sostenere il suo sguardo, che ti entrava in fondo all'anima.

«Quando ho raccolto uno dei pacchetti avvolti nel cellophane da casa di Carmine Scandroglio, ho creduto che non se ne sarebbe accorto nessuno e che avrei risolto i problemi. Sono andato da mio suocero, l'ho sbattuto contro il muro e gli ho detto che con quei soldi avrebbe dovuto chiudere i suoi debiti e piantarla una volta per tutte, altrimenti lo avrei denunciato insieme ai suoi compari. Gli ho confidato di averlo seguito e di sapere dove giocavano. Sarebbe stata la mia ultima possibilità verso di lui.»

Non riuscii a trattenermi e scoppiai a piangere. Barzagli restò al suo posto, impassibile. Tra un singhiozzo e l'altro tentai di concludere.

«L'hanno ritrovato morto dopo pochi giorni. Non so in quali giri fosse entrato, io ero sicuro che quei soldi gli sarebbero bastati. Gli hanno sparato in testa. Mia moglie ha smesso di piangere. Ora sono pronto a pagare fino in fondo.»

«Vuoi sapere come me ne sono accorto? Sei curioso?»

Annuii, privo di forze.

«Scandroglio aveva un file in cui segnava entrate e uscite. Aveva catalogato ogni busta, ma ne mancava una. Una soltanto. Sapevo che eri entrato per primo nella stanza dove abbiamo trovato il cadavere e poi ho saputo di tuo suocero. Non mi ci è voluto molto per fare due più due. E tu hai confermato i miei sospetti.»

Fece una pausa. Lavoravamo insieme da qualche anno, era stato lui a suggerirmi di presentarmi al concorso da viceispettore.

«Non ho mai fatto un'eccezione, lo sai, per me chi sbaglia paga. Tuttavia, ho anche imparato a conoscerti. So quanto vali e chi sei. Le esperienze di questi ultimi anni mi hanno insegnato che non è tutto bianco o nero, ci sono anche le sfumature. Hai avuto un'intuizione geniale sul caso dei fratellini uccisi su cui abbiamo indagato. Poi questo non ci ha portati alla soluzione, ma ho comunque bisogno di gente in gamba come te. Hai sperimentato a tue spese che le scorciatoie non pagano. Alla prossima, però, sarai fuori per sempre.»

Gli dovevo tutto. È anche vero che chi tradisce una volta continuerà a farlo.

Mi tocca ragguagliare il commissario Guarini. Stamattina mi sono svegliato presto per pensare a come rintuzzare ogni domanda. Non è uno stupido, devo stare attento.

Busso alla porta a vetri e attendo una risposta che non tarda ad arrivare. «Buongiorno, Lupatelli. Ci sono novità sul caso?»

«Ho interrogato i testimoni oculari, ma nessuno è stato in grado di fornire un identikit utile. Hanno notato tutti una leggera zoppia, ma nulla di determinante. Anche stavolta niente telecamere utili.»

«Che idea si è fatto? Può essere ancora lui? Lo pensano un po' tutti. La zona è la stessa e anche il *modus operandi*.»

«Senza dubbio. D'altra parte, Barzagli non era il killer che stavamo cercando. Solo che brancoliamo nel buio, forse più di prima. Le indagini incrociate non ci hanno condotto da nessuna parte.»

«Mi accennava a una leggera zoppia. Escludiamo, vero, che possa essere stato quel Bordoni? Com'è andata ieri sera, a proposito? Ho insistito perché lo incontrasse anche per fugare questo sospetto in modo definitivo.»

«Sono ancora convinto della tesi che abbiamo formulato insieme. Mi sembrava giusto che fossi io a parlargliene in ospedale, ma mi sono mosso dietro suo avallo. Per scrupolo ho parlato con la fisioterapista che lo segue: ha escluso in modo categorico che sia in grado di correre, anche solo di affrettare il passo, nelle sue attuali condizioni di salute.» Mi pare il caso di mettere le carte in tavola, ben in vista.

«Dopo quello che è successo, converrà con me che non possiamo fare altri passi falsi, ma nemmeno permettere che un omicida seriale continui imperterrito la sua opera.»

«Me ne rendo perfettamente conto. Sto attendendo l'esito dell'autopsia, ma non prevedo grandi sorprese.»

«Mi dica di Bordoni. Come le è parso?»

Fisso il commissario per alcuni secondi, ma non riesco a individuare il motivo di questa ulteriore domanda.

«Direi... piuttosto tranquillo. Non ha posto particolari rimostranze e credo di essere riuscito a contenere i danni d'immagine. Ho cercato di portare l'attenzione sulla complessità delle indagini e sui molteplici risvolti che hanno fuorviato il mio predecessore.»

Mentre parlo lui annuisce, ma so che ha dell'altro in serbo per me.

«Può andare. Mi tenga aggiornato su ogni eventuale sviluppo.»

Sono nervoso. Torno nel mio ufficio con la netta sensazione che Guarini volesse sottintendere qualcosa che non ho colto. Dopotutto, conosceva Barzagli da una vita e dev'essere stato un colpo molto duro, per lui, arrendersi all'evidenza.

Non posso commettere errori. Il capo non è uno sprovveduto e si accorgerebbe subito di eventuali esitazioni. Devo trovare la maniera più adatta di portare avanti le indagini sviandole in modo non palese.

Ho letto di sfuggita le carte di un omicidio al Parco Sempione, dopo averne sentito parlare al telegiornale. Non ho chiesto in Procura di assegnarci il caso, ma non può che essere lui. Se non ricordo male, la vittima era un avvocato importante, alle soglie della pensione. Ucciso in un luogo pubblico, dopo aver legato il suo cane a un palo e senza che gli siano stati sottratti l'orologio esclusivo o il portafoglio. La competenza è del commissariato di piazza san Sepolcro ed è meglio che resti lì, non vedo perché attirare nuove sventure.

Durante gli anni di formazione, ho partecipato a un corso sui serial killer. Soggetti disturbati, nella stragrande maggioranza dei casi deprivati di ogni sentimento positivo fin da bambini e vittime a loro volta di violenza. Di norma sono abitudinari, scelgono le prede con cura, tendono a stabilire un contatto e, soprattutto, a firmare i loro delitti poiché in qualche maniera vogliono essere riconosciuti, ricordati.

Bordoni no. Un sociopatico, uno che non si aspetta niente di meglio, che vive a casa con la mamma. La mamma! Dev'essere accaduto qualcosa con lei quella sera, Barzagli ne era sicuro.

Merda, devo lasciarmi questa storia alle spalle, sperando solo che la celebrità plachi la sua fame di morte.

Capitolo Decimo

Eliminare il problema alla radice

Marco Bordoni

La mamma mi ha chiesto di andare al Gigante per la spesa. Ogni volta che parcheggio, lancio un'occhiata verso il sentiero che ho percorso dietro al capellone che ho poi lasciato cadere nel vuoto. Mi sembra un'altra vita. Tutto è cambiato per me, ma non ho tempo di fermarmi a riflettere su ciò che è stato.

Provo sempre a finire la lista il prima possibile. Dopo la ristrutturazione del supermercato ci ho messo un po' a ritrovare i prodotti meno usuali, ma ormai ho di nuovo i miei punti di riferimento.

Il carrello è più carico del solito e cerco come sempre la cassiera gentile, quella con i capelli lunghi e gli occhi celesti. Se non è di turno, non è la stessa cosa. Lei non può saperlo, ma ormai ho imparato i suoi orari e vengo qui quando è più probabile incontrarla. Non ci ho mai scambiato più di due frasi, ma mi piace. Sorride sempre e una volta, quando le ho fatto notare che aveva una scarpa slacciata, mi ha guardato divertita e mi ha detto che i suoi amici la chiamano Alice, perché ha sempre la testa fra le nuvole.

È facile capire quale sia la sua corsia: quella dove c'è sempre fila. Non ho mai avuto il coraggio di rivolgerle la parola, a parte quelle di circostanza, mi sono sempre sentito in imbarazzo di fronte a lei. Non sono mai stato abituato alla cortesia spontanea, non forzata, bensì a sentirmi sempre fuori posto, con addosso occhiate di biasimo. Lei no, è carina anche con me, senza che ce ne sia un motivo. Per fortuna esistono persone come lei, Alice la cassiera, anche se non saprò mai il suo vero nome.

Stavolta la mamma non aveva bisogno delle cose inutili che ogni tanto le vengono in mente e che non ho la minima idea di dove siano.

«Ciao, è un po' che non ti vedevo da queste parti. Ormai sei diventato una celebrità!»

«Figurati, è stato un vortice in cui sono piombato mio malgrado e non vedo l'ora di uscirne.»

«Perché? È così male?»

«Più che altro, sembra tutto finto, che non interessi sul serio a nessuno come sono andati i fatti. Così, giusto per poterne parlare. Va be', non voglio farti perdere tempo.»

Quante cazzate che racconti. Il problema è che ci credono tutti. Incredibile come si possa distorcere la realtà.

Vuoi star zitto? Puoi darmi un attimo di pace e smetterla di starmi addosso? Tanto non ti ascolto. Non hai ancora capito che non riesci a farmi sentire in colpa?

Certo, perché tu una coscienza non ce l'hai.

Ci sei già tu per quella, no?

«Figurati. Anzi, mi fa piacere. Nel frattempo, però, faccio andare le mani, così non si rallenta la corsia.»

«Oggi dovevo prendere qualcosa in più del solito, ma me la sono cavata in fretta lo stesso, per fortuna.»

«Allora... alla prossima volta.»

Sorride e le si illuminano gli occhi. Sono combattuto se aggiungere qualcosa o no, ma penso che quando una persona è gentile, lo è con tutti, non perché ha delle mire particolari. Anche se devo ammettere che non mi dispiacerebbe scoprire di aver torto.

Sono sicuro che non lo farai, perché te la fai sotto dalla paura di non essere all'altezza, di non piacere, di avere la conferma di restare lo sfigato che sei sempre stato.

Torno a casa, aiuto la mamma a sistemare la spesa e mi chiudo in camera. Devo fare delle ricerche. Sono partito di nuovo dai social, anche se stavolta ho trovato qualche difficoltà in più a scovare chi stavo cercando.

Alla fine ho scoperto che il mister Carlo è tornato dalle sue parti, a Sonnino, in provincia di Latina. Non è stato semplice individuare il suo indirizzo preciso, dal quale partire per ipotizzare un piano. Non avrei certo potuto chiedere in giro informazioni sul mio vecchio allenatore. Devo fargli visita, per discutere dei tempi andati.

Mi sono messo di buona lena e ho studiato nei dettagli ogni mossa. Ho controllato le strade, Google Maps è uno strumento molto potente, sembra di essere sul posto.

È tutto pronto, ma devo per forza coinvolgere la mamma.

«Ti ricordi del mister Carlo?»

«Sarebbe difficile da dimenticare, non credi?»

«Si è scoperchiato il vaso dei ricordi nel mio cervello. Prima l'avvocato Turrani, poi Edvige, l'istruttrice di nuoto, quella che mi prendeva a colpi di zoccoli sulle mani per non farmi attaccare al bordo.»

«Ho letto i giornali, sapevo che eri stato tu. Ricordo bene le scuse che inventavi per non andare a nuoto. E io che pensavo che fossero tutti pretesti... Perché non me l'hai mai detto?»

«Vuoi scherzare?! Sono sicuro di avertene parlato, ma tu mi rispondevi che era il suo modo d'insegnare il nuoto. Ero io a non essere capace, a dover vincere le paure. Così dicevi.»

«Forse avresti dovuto uccidere anche me.»

Resto senza parole. Fisso lo sguardo sul suo. Comprendo che tenta di trattenere le lacrime, ha le palpebre gonfie, sul punto di esplodere.

«Se chiudo gli occhi sento tuo padre che blatera che non ti sei impegnato in campo e lui ti ha fatto imparare la lezione facendoti tornare a casa a piedi dalla Sacie. Avrei dovuto strozzarlo con le mie mani!»

«Sai come mi sento, l'hai sempre saputo.»

«La verità è che non ho mai avuto il coraggio. Avrei voluto proteggerti, ma non ne sono stata capace. Avevo paura anch'io.»

Mi avvicino. Lei forse si aspetta un abbraccio. Mi limito a toccarle una spalla.

«Ho bisogno che tu faccia una cosa per me.»

«Non credi di rischiare troppo? Posso immaginare ciò che hai in mente, ma... non riesci proprio a lasciarti tutto alle spalle?»

«Tu l'hai fatto?»

«*Touché*. Posso però dire che non è servito a niente. Il senso di colpa non è sparito, il dolore è ancora qui. Ritieni che la tua sia una forma di giustizia?»

«Non sono Dio e alla giustizia degli uomini non ho mai creduto, penso che sia più complicato di così.»

Cazzo, voi due andreste studiati. Troppa sofferenza, troppe botte, troppa violenza. Non posso giustificare nessuno dei due, ma non si può non tenere in considerazione una vita come la vostra. In fondo, ognuno di noi è frutto del contesto in cui è nato e cresciuto, delle relazioni che ha creato. Le vostre sono state tutte tossiche.

La mamma ha deciso, già che doveva noleggiare una macchina per me, che almeno il viaggio fosse confortevole. Mi ci vuole un po' per assimilare le dinamiche del cambio automatico e in cortile rischio di sbattere la testa contro il parabrezza pigiando il pedale del freno col piede sinistro.

«Non hai sentito quelli che ci hanno consegnato la macchina?! Eppure si sono tanto raccomandati. Devi dimenticarti la gamba con cui schiacci di solito la frizione e usare soltanto il piede destro.»

Tutto sommato è meno complicato di quanto temessi, e già prima d'immettermi in tangenziale da Trezzano mi sembra di essere diventato padrone di questa BMW super tecnologica. Sulla Vigevanese ho preferito andarci cauto. A un certo punto ho sentito una specie di allarme e il volante ha cominciato a sterzare da solo. Ci ho messo un po' a capire che si trattava del controllo di corsia o qualcosa del genere. Ho accostato alla fermata dell'autobus e ho smanettato un po' per disabilitare la funzione, che non fa proprio per me. La mamma ha provato a insistere per farmi utilizzare l'optional che l'ha entusiasmata di più, la guida autonoma, ma mi è parso un po' troppo.

Cerco di fermarmi il minimo indispensabile. Mi ha preparato un panino con salsina al prosciutto cotto, un altro col tonno, così non devo entrare in autogrill. Giusto una tappa per la benzina, poiché la macchina beve tantissimo. Con la mia Corsa sarei arrivato molto più avanti, sebbene non abbia mai percorso l'autostrada in vita mia. So che la mamma è preoccupata, non la finiva più con le sue raccomandazioni.

Stavo per spegnere il cellulare prima di uscire di casa quando ho ricevuto la chiamata di Gabriele.

«Ragazzo, ma dove sei? Sento la linea disturbata.»

«Sto accompagnando mia madre da una cugina che vive nelle Marche. Tutto bene, grazie.»

«E quando rientrerai? Ho una serata per domani, non puoi non esserci.»

«No, dubito di poterci riuscire, non avrei nemmeno il tempo di arrivare. Mi avevi detto che non c'era nulla in ballo.»

«Questo non vuol dire che non ci stessi lavorando. Dopo il confronto della settimana scorsa sono tutti impazziti. La posta si sta alzando ancora. Quando hai tirato in ballo la tua ex, poi! È stato uno dei momenti più commoventi e veri a cui ho mai assistito.»

Non hai idea di quanto poco lo fosse, in realtà, anche se sono dettagli che è meglio non condividere.

«Ti ringrazio, mi fa piacere, ma le chiappe in ballo sono sempre le mie e non mi sembrava il caso di scherzare col fuoco.»

«In Mediaset sei piaciuto tantissimo. Mi ha chiamato Pier Silvio in persona, con il governo gialloverde preferiscono anche loro il *low profile*. Comunque, per domani sera devi fare il possibile. Il cachet inizia a salire, mi hanno proposto cinquemila euro, per te, per una semplice comparsata al volo.»

«Non ti prometto niente, dai, farò il possibile per esserci.»

Sei il suo giocattolino. Lo sai, sì?

Lo so, e non vorrei dovermene occupare. Sta cominciando a diventare più pesante di te, il che è tutto dire.

Non potevo rimandare il viaggio, per fortuna la mamma era in bagno e non ha ascoltato la conversazione. O forse l'ha fatto, ma ha preferito far finta di nulla.

Il tizio dell'autonoleggio ci ha tenuto a spiegarmi che avrei potuto collegare il cellulare in modo da usare Google Maps sul grande display del cruscotto. Non gli ho confessato che per la mia destinazione avevo la necessità di lasciare a casa il telefono e affidarmi alle stampe che mi sono portato da casa, alla vecchia maniera.

Nei pressi di Bologna mi trovo in difficoltà con l'uscita verso la A14, che ho segnato con l'evidenziatore a pagina 3. Subito dopo una lunghissima curva, la carreggiata si restringe. C'è un tratto infinito con il limite a centodieci chilometri orari e non devo oltrepassarlo, non posso rischiare di beccarmi una multa.

Mentre guido, ripenso alla prima ragazza che mi è piaciuta davvero in vita mia: Franceschina. Eravamo in seconda media, mancava la professoressa di italiano e, come durante ogni supplenza, qualcuno propose di giocare a obbligo o verità: ne ero terrorizzato. Temevo di essere costretto a baciare qualche compagna, e che ciò diventasse l'ennesima occasione per prendersi gioco di me. Quindi, cercavo sempre di sottrarmi. Quella mattina, però, non mi fu possibile. Quando toccò a me optai, per forza di cose, sulla verità.

«C'è qualche ragazza che ti piace? Dai, lo sai che non puoi mentire!»

Ci pensai un attimo prima di rispondere. Feci il nome di quella ragazzina che vedevo tutte le mattine alla fermata dell'autobus che dalla piazzetta di via Fermi ci portava al Travaglia.

Al ritorno a casa, sul pullman che ci stava portando in piazzetta, successe proprio ciò di cui avevo paura. Andrea Spada si piazzò in modo che lo sentissero tutti e annunciò la mia fine: «Fra', lo sai che Marco ti viene dietro?».

Volevo scomparire, nascondermi sotto i sedili e non farmi più vedere. Per i successivi due anni, in sua presenza, sono rimasto in silenzio. Ero già in sovrappeso, anche se ancora non in misura esagerata. Quando c'era lei, tuttavia, temevo di poter sparare qualche stupidaggine, e comunque escludevo l'ipotesi che potessi dire qualcosa in grado di colpirla.

Lei aveva un anno meno di me e alle superiori, quando ero in seconda al Cattaneo, la vidi sbucare dal fondo della via una mattina di settembre. Da quel giorno lasciavo passare anche una o due volte la 64 pur di salire sullo stesso interurbano con lei e sentirle dire un semplice «ciao», seguito da quel suo sorriso così dolce che mi faceva sentire in pace, senza bisogno d'altro. Ogni tanto, anche più di recente, mi è capitato d'incrociarla diretta verso casa sua. Non avrebbe mai potuto vedere in me un uomo che potesse offrirle stabilità e sicurezza. Io ero invisibile, ai suoi occhi come a quelli di tutti.

Devo accostare a una piazzola di sosta, ho gli occhi bagnati dalle lacrime. Perché non poteva essere lei? Davvero era così irraggiungibile per me? E se avessi provato a dire la prima cosa che mi fosse venuta in mente e, magari, le fosse pure piaciuta? Sarebbe cambiato tutto? Forse no.

Che palle, però! Se in due anni non sei riuscito a spiccicare una parola, un motivo ci sarà. Adesso ti sei dato fin troppo una svegliata, non sai cosa siano le vie di mezzo.

I ricordi bruciano e mi rendo conto di vivere di rimpianti, di troppi *se* e *ma*.

Devo concentrarmi sul viaggio.

Non sono abituato a guidare così a lungo. Per fortuna, passata Bologna non ho più trovato rallentamenti. Dovrei fermarmi, però se devo essere a Milano per domani sera non posso. Seguo i cartelli verdi per Roma, ma più mi avvicino più sono costretto a rallentare. Ho il collo rigido, cerco di girare la testa a destra e a sinistra per rilassarlo, con scarsi risultati.

Decido di passare la capitale prima di fermarmi. Non ci sono mai stato. Dev'essere un posto fantastico. È una vera disdetta sfiorarla soltanto. Non so se mi farebbe paura, credo che sia molto più caotica di Milano, dove già faccio fatica a destreggiarmi. Meglio proseguire, ma mi riprometto di trovare il modo di tornarci. Magari potrei chiedere a Gabriele di organizzare qualcosa, tanto mi sembra che non sia un problema per lui. Voglio provare ad affrontare le mie paure per non averne più.

Fuori dall'autostrada, mancano ancora diversi chilometri ed è ormai buio da un pezzo. Una pioggerella fine cade senza sosta, ma scopro con piacere che la macchina che ha noleggiato la mamma deve avere dei sensori anche per i tergicristalli, oltre che per i fari che si accendono automaticamente. Rifletto sul fatto d'aver lasciato il cellulare a casa, mi sarebbe forse tornato utile. Senza luce non è semplice seguire le indicazioni dell'ultimo tratto. Da queste parti non mi cercherebbe nessuno, ma meglio evitare ogni rischio.

Imbocco una strada immersa nel verde e davanti a me vedo un borgo illuminato. Dev'essere la mia meta, anche se non sono diretto al centro del paese, ma in una villetta poco più giù.

Passo un paio di volte davanti alla villetta del mister Carlo. Ho controllato a ripetizione il luogo su Google Maps prima della partenza e la situazione appare adesso ancora più favorevole di quanto sperassi.

Parcheggio poco oltre e mi avvicino. Sono le 20,43.

Mi gioco il tutto per tutto, suono il citofono.

«Chi è?»

«Sono Marco Bordoni.»

«E chi te conosce... ma vedi de annattene va!»

«Forforone.»

Trascorrono alcuni istanti di silenzio, ma so che lui è ancora lì. Sento scattare la serratura e ne approfitto per entrare.

Mi viene incontro un omone ancora più enorme di quanto non fosse trent'anni fa. Stringe gli occhi per mettere a fuoco. In un istante si blocca e comincia a tossire fortissimo, dentro un fazzoletto che sembra più una tovaglia per le sue dimensioni e che aveva già in mano.

«Mbe'? Che voi?» sibila, con uno sforzo per trovare aria.

Mi accosto a lui, non mi sembra il caso di fare chissà quali discorsi. Non è mai stato uno predisposto all'ascolto, senza contare che sono stanco e ho fretta. Estraggo il coltello dalla fondina e glielo pianto dritto nel cuore. Vedo gli occhi schizzargli fuori dalle orbite. Sembra che stia per esplodere di nuovo e tossirmi in faccia, con le guance piene d'aria, ma osservo i muscoli sciogliersi, le sue forze venire meno. Ho usato di nuovo un coltello da caccia, e devo dire che mi sono trovato bene anche nelle altre occasioni. Lo lascio cadere, chiudo il cancello e torno alla BMW.

Quello che non riesco a comprendere di te è questo completo scollamento dalla realtà. Carlo è stato uno stronzo, ma quanti ce ne sono in giro? Li vuoi eliminare tutti? Il giustiziere. Non funziona così, te l'ha mai detto nessuno? E poi proprio non provi nulla? Cos'è per te? Una missione da compiere?

Tu non sai cosa vuol dire sentirsi come mi sono sentito io, ok? Come potrei provare colpa nel fare ciò che faccio? Non avrebbe nessun senso, non credi, dall'alto della tua posizione? E non stavi per fare lo stesso, quando ne hai avuto l'occasione?

L'hai detto tu, no? Ti avevo riconosciuto, avevo capito. Non potevo permettermi di lasciarti andare. Sapevo che non ti saresti fermato se non l'avessi fatto io. Le prove erano troppo poche, non potevo rischiare.

Penso sia meglio fermarsi a dormire da qualche parte lungo la strada del ritorno, usando la precauzione di lasciare qualche chilometro alle mie spalle. Trovo un hotel a Priverno. Alla reception mi accoglie una ragazzina che in prima battuta mi chiedo se sia maggiorenne.

«Mi scusi per l'orario, avevo un impegno da queste parti e non mi sono regolato. Ci sarebbe una stanza libera?»

«Ci mancherebbe, siamo qui per questo. Sì, posso proporle due soluzioni. La prima è più economica, ma, se posso darle un consiglio, con una piccola differenza avrebbe diritto a una stanza deluxe con un'ampia doccia, nel caso in cui senta la necessità di rilassarsi.»

Guardandola meglio penso che avrà una ventina d'anni e non mi dà la sensazione di essere una tipa che segua la televisione la domenica pomeriggio. Sarà impegnata a farsi sbattere dal fidanzatino dall'ormone impazzito: è piccolina, ma con le tette belle sode. Chissà che sorprese riserverà al fortunato. Ho la sensazione che da queste parti non ci siano tante attività interessanti. Almeno, io mi chiuderei in casa con lei e non la mollerei tanto facilmente.

Meglio tornare coi piedi per terra, ho soltanto bisogno di accasciarmi su un letto comodo, anche se una bella doccia calda non mi dispiacerebbe affatto. In sua compagnia sarebbe il massimo, ma non mi sembra il caso di volare troppo in là con certi tipi di fantasie.

Opto per la sistemazione migliore, perché no?

«Se può lasciarmi per cortesia i documenti per la registrazione, così la accompagno.»

«Ecco, vede, in realtà non dovrei trovarmi qui. Non so se mi spiego. Devo solo dormire una notte, avrei necessità di poter contare sulla massima discrezione.»

«Va bene, può stare tranquillo. A meno che non abbia ammazzato qualcuno, nessuno verrà a saperlo!»

Rido, perché a una battuta ci si aspetta questa reazione.

«Tanto l'ho riconosciuta subito. Non capita tutti i giorni di ricevere la visita di un personaggio famoso. Facciamo così: i documenti per il momento li lasciamo da parte e nel frattempo l'accompagno alla sua stanza. Mi segua.»

Non vorrei avere i riflessi annebbiati dalla stanchezza, potrebbe essere mia figlia, se mai ne avessi avuta una, ma ho una sensazione piuttosto netta. Così provo a tendere l'amo.

«Eh, ma lei può lasciare la reception incustodita?»

«Non ci sono problemi. L'albergo non è mai movimentato a quest'ora, in questo periodo. In realtà, nemmeno negli altri.»

La seguo lungo le scale, non mi ha neppure proposto l'ascensore e non posso evitare di soffermarmi su un culo che verrebbe voglia di afferrare e sbattere contro il muro. Non riesco a capire se sotto la gonna indossi le mutande o no, non vedo il segno dell'elastico. Inizio a sentire un movimento verso il basso, devo concentrarmi per non pensarci.

Percorriamo un corridoio illuminato con lucine a led che si accendono al nostro passaggio. Infila la tessera nella serratura, poi nell'apposito alloggiamento per accendere le luci della stanza.

«Se vuole seguirmi, avrei piacere di farle vedere il motivo per cui le ho suggerito proprio la 78.»

Non me la sentirei di definirla una doccia. Si tratta più di un vano separato dal resto da un vetro. I mattoncini di cemento marroni, che alla mamma sarebbero piaciuti un sacco, non rapiscono la mia attenzione come la ragazza che mi trovo di fronte. Non riesco a contenere l'erezione nonostante gli sforzi. Non sono imbarazzato, ma allo stesso tempo non mi sembra elegante ostentarla.

«Noto con piacere che la soluzione che le ho proposto è di suo gradimento.»

Non mi aspettavo che fosse così diretta. La sorpresa non fa che acuire il desiderio.

«In realtà poteva essere qualsiasi soluzione, sei tu a farmi venire certi pensieri.»

«Be', ormai non ci speravo quasi più...»

In un attimo ci sfiliamo tutto reciprocamente. In effetti, più che un paio di mutandine indossa un filo interdentale. Entriamo nella doccia e giro il miscelatore sull'acqua bollente. Ha un corpo perfetto e nessun pudore. Dopo aver lavorato con la bocca, la tiro verso di me e la spingo contro il vetro. Voglio che senta tutto il mio peso su di lei, ma soprattutto quanto la desidero. Mi rendo conto di non conoscere il suo nome. Mi blocco.

«Ehi, non so nemmeno come ti chiami.»

«Sono Giada, ma tu non farlo mai più...»

«Cosa?»

«Fermarti quando stai per penetrarmi!»

Una cosa che se la raccontassi in giro non ci crederebbe nessuno.

Dopo la migliore doccia della mia vita, sono crollato in un sonno profondo. Non ho messo la sveglia e mi sono concesso una colazione non proprio mattiniera.

La scelta non è che sia troppo ampia, ma metterò in ogni caso la migliore recensione possibile. Dopotutto, l'accoglienza è stata eccellente. Cappuccino e una squisita brioche alla crema, prima di rimettermi in strada.

Appena ripartito, la mente va a Bea la tassista. L'ultima volta che sono stato da lei sono scappato a gambe levate. Non ero mai stato tanto eccitato in vita mia, ma allo stesso tempo ho avuto paura di fare qualcosa che non avrei voluto. Eravamo sul letto che fungeva da divano, quando ho ricevuto il messaggio molto più che esplicito di una tizia che non avevo idea di chi fosse. Non ho neanche fatto in tempo a chiudere lo schermo, non perché avessi qualcosa da nascondere, ma perché non mi sembrava appropriato, che Bea ha iniziato a toccarsi di fianco a me. Aveva uno sguardo acquoso che parlava, diceva quanto mi desiderasse. Mi sembrava di essere entrato direttamente in uno dei primi sogni che mi aveva raccontato con dovizia di particolari.

Sono tornato con la mente alla notte al parchetto dietro casa in cui avevo assistito, al buio e di nascosto, alla scena fra due ragazzini. Lei si era masturbata mentre lui era rimasto impassibile. Io ero esploso e mai avrei pensato di trovarmi in una situazione simile in veste di protagonista. Vedere una donna che sente il piacere mentre io mi limito a osservare era diventata nel tempo una mia fantasia. Quasi un'ossessione.

L'erezione stava esplodendo dentro i pantaloni e Beatrice, maliziosa, indugiava con lo sguardo sulla protuberanza imponente. Sorrideva e ansimava. Ha sollevato la maglietta e ha iniziato a massaggiarsi il seno abbondante, finché lo ha stretto con una mano e ha leccato il capezzolo destro con avidità.

Ero sul punto di scoppiare senza averla neppure toccata. Ho sentito crescere qualcosa di incontrollabile dentro di me, sapevo che se l'avessi presa sarei andato molto oltre gli schiaffi, i morsi e le parole sporche. Sono scappato in strada e ho cercato di allontanarmi il prima possibile.

E ho compreso che questo accade non perché Bea voglia qualcosa di più e io non voglia impegnarmi, non soltanto almeno, ma soprattutto perché lei tira fuori da me qualcosa che è meglio che resti dove sta. Non voglio che veda cosa mi si muove dentro, sono convinto che capirebbe chi sono. Non ho mai trovato un'intesa così totale e non voglio farle del male. Non avevo mai fatto un pensiero di questo tipo e non potevo immaginare che mi sarebbe mai successo.

Non ti crei alcun problema a squartare persone e poi ti sottrai alla possibilità di stare con una ragazza perché potrebbe tirare fuori i tuoi demoni. Adesso che sto imparando a conoscerti, mi rendo conto quanto sia difficile essere te. Hai vissuto l'inferno e non ne uscirai mai.

Non appena rientrerò a casa, la prima cosa che farò sarà capire come bloccare i contatti e addio. Lo faccio per il suo bene.

Conto di arrivare in tempo anche per l'appuntamento organizzato da Gabriele.

Capitolo Undicesimo

Una luce spenta, di nuovo

Bea la tassista

Perché, perché, perché?! Perché gli stronzi devono capitare tutti a me? Mi ha bloccata, e nemmeno sapeva dell'esistenza dei cellulari fino a poche settimane fa.

Io non me lo sono portato a casa per fare una scopata col personaggio famoso. Che poi, famoso... Quando l'ho conosciuto si trattava di un articolo su un settimanale. Avevo pensato di aver incontrato una persona diversa, segnata, ma capace di superare anche le difficoltà più complesse, di rialzarsi dalle cadute più dolorose.

Non m'interessa quello che si è presentato davanti alle telecamere, per l'ennesima volta ero sicura di aver trovato una persona sensibile e che potesse apprezzarmi. Chiedo forse così tanto? In TV ha fatto centro proprio perché in mezzo a tante scimmie urlatrici ha proposto un modo diverso e possibile, perché lui è così. Non sono stupida, so benissimo che pure altre lo stavano tampinando, ero solo convinta che avesse compreso con chi aveva a che fare. Non perché ho realizzato ogni sua fantasia sessuale, ma perché le nostre anime si sono incrociate. E quando succede, niente può separarle.

Poi, però, mi ha bloccata! Gli ho aperto io il profilo Instagram, gli ho spiegato come funzionano i like, gli hashtag, i tag. In un attimo orde di strafighe senza nulla addosso a sbrodolargli dietro. Una roba disgustosa. L'ultima sera che è stato da me ho visto che gli è arrivata la foto di una con la mano dentro le mutande, che gli diceva che lo stava aspettando.

«Spregiudicata la ragazza. Per fortuna sei qui e puoi fare quello che vuoi senza dover fare chissà quanta strada e immaginare niente...»

Eravamo sul letto che utilizzo anche come divano e mi sono infilata le dita dentro. Lui mi ha fissata con uno sguardo che non sono riuscita a decifrare e ha continuato a osservarmi, senza muoversi. Non sono mai stata tanto eccitata prima. Essere guardata mi ha fatto nascere un desiderio travolgente di esser presa e penetrata, ma lui era immobile, con gli occhi spalancati, da cui avevo la sensazione che uscisse una luce. Sapevo che stava ardendo di desiderio almeno quanto me. Avevo le mani fradice, ma non riuscivo a fermarmi. Lui si è alzato, ha raccolto la giacca e se n'è andato. Credevo che fosse un suo gioco, che sarebbe poi rientrato, che avesse in mente qualcosa, ma... non l'ho più rivisto né sentito.

Ci ho riflettuto un sacco e ho capito che leggendo la sua storia sono tornata indietro di vent'anni, quando non si parlava d'altro che di Ozzy e degli altri. Io ero poco più di una ragazzina, ogni tanto facevo qualche turno dietro al bancone del Midnight prima che fossero costretti a chiuderlo perché era iniziata la caccia alle streghe. Conoscevo Flavietto, che sul palco con la sua batteria si trasformava, ma era un pezzo di pane. Sono certa che lui abbia difeso un'amica e per questo sia stato massacrato. I loro corpi sono stati trovati dopo sei lunghissimi anni, durante i quali nessuno di noi riusciva a darsi una spiegazione. Eppure c'era chi sapeva perché aveva massacrato due amici a colpi di martello ed era riuscito a tenersi tutto dentro. Altro che satanismo. Era una questione di invidie, droghe e denaro.

Ozzy era sempre gentile con me. D'accordo, si faceva qualche canna, fiumi di birra, il sabato sera per loro era così, ma non mi aveva mai mancato di rispetto. Mi piaceva, anche se temevo di avvicinarmi a lui perché ero sicura che mi avrebbe rifiutata.

Ho scoperto il carcere dov'era stato rinchiuso, a Sanremo, e ho cominciato a scrivergli. La corrispondenza è diventata molto fitta, mi ha raccontato dei mesi duri di isolamento diurno durante i quali vedeva il cielo per soltanto un'ora al giorno, da solo, da una piccola feritoia. Aveva iniziato a parlare allo specchio, con se stesso, e mi ha confidato che quando ha ricevuto la mia prima lettera, oltre ad aver capito subito chi fossi, io ho rappresentato per lui un vero e proprio raggio di sole.

Si è sempre professato innocente. Mi ha raccontato, mi ha girato i contatti del suo avvocato in modo che potessi leggere gli atti del processo e farmi la mia idea. È un gesto che ho apprezzato molto, l'ho considerato una voglia di verità.

Mi ero buttata a capofitto in quella brutta vicenda, avevo recuperato le videocassette dei vari speciali, da *Porta a porta* a *Matrix*. Non me ne intendevo di legge, ma non avevo trovato complesso seguire i vari interrogatori. Avevo sempre con me un quaderno su cui annotavo tutte le incongruenze che ero in grado di cogliere, alcune delle quali davvero sorprendenti. Da un alibi che non era stato preso in considerazione, a racconti opposti degli accusatori su fatti oggettivi, per non parlare del caposquadra dei vigili del fuoco che era intervenuto per spegnere un incendio all'Acquatica a Capodanno e aveva negato in maniera categorica che si potesse trattare di un tentato omicidio l'episodio per il quale era stato condannato al *fine pena: mai*. Mi era sembrato che la verità non importasse a nessuno, serviva soltanto che ci fosse un colpevole da dare in pasto al pubblico. E chi meglio di un metallaro satanista, com'era stato definito il mio amico? Certo, era stato incastrato per l'omicidio della sua fidanzata Samantha, anche se io sapevo bene che non potesse trattarsi d'altro che delle menzogne di un vero pluriomicida, Michele Lince, che cercava di scaricare le sue responsabilità su altri. Il *pentito*.

Amavo il metal. Ogni tanto, ancora adesso, quando attendo clienti sul taxi, metto gli Slayer, ma mi devo affrettare a cambiare con qualcosa di più accettabile appena si avvicina qualcuno. Il brutal metal è una musica non adatta a una signora, d'altra parte.

Ho pensato che se Marco è salito proprio sul mio 878, qualche motivo dovrà pur esserci stato. Avevo raccolto la chiamata al radiotaxi senza immaginare chi fosse il cliente, ma ero in zona e avevo così accettato subito. La foto sul giornale in cui lo avevo visto era piccola e presa chissà dove, di sicuro senza che lui ne fosse consapevole. Anche quest'aspetto mi aveva colpita. Sembrava un'intromissione indesiderata nella vita di chi aveva visto la morte in faccia.

Nell'articolo si parlava di CityLife, proprio dove mi aveva chiesto di accompagnarlo. Camminava a fatica sostenendosi con un bastone, e non è stato difficile far due più due.

Mi sono accorta che mentre cercavo su internet lui indugiava sulla mia scollatura. Non ci è voluto molto a capire che mi desiderava e ho provato così a lanciare un amo che lui ha raccolto senza esitare.

«L'articolo l'ho trovato, anche se mi pare che tu sia più interessato ad altro. Se vuoi posso lasciarti il numero, stacco alle sei. Così possiamo parlare della tua storia con più calma, o anche no. Dipende...»

Non ho avuto bisogno di trucchi, di finzione, d'indossare una maschera. Sono stata me stessa. Non mi era mai successo. Ho conosciuto solo stronzi e fessa io, tutte le volte, a caderci. Certo, andare a letto con un estraneo alla prima occasione potrebbe essere frainteso, ma... perché se lo fa una donna è una puttana e se lo fa un uomo, al contrario, è uno sciupafemmine? Non è il solito cliché, è il leitmotiv della mia vita.

Sono stanca, davvero stufa.

Guidando nel traffico, oggi ho risposto male a una signora anziana che non stava zitta un secondo. Doveva elencarmi per forza tutti i successi del suo nipote adorato. È stato il momento in cui ho capito che non posso accettare di essere usata per l'ennesima volta.

La mia ultima relazione, con Jean Claude, è finita perché quel bastardo si era dimenticato di dirmi che aveva una moglie e due figlie piccole. Un giorno me l'ha comunicato così, con estrema nonchalance, come se si trattasse di una minuzia che negli ultimi tre anni gli era sfuggita di mente. Avevo appena finito la doccia, avevo i capelli ancora raccolti nell'asciugamano nero, quando lui è entrato per fare pipì. Era un po' che volevo fargli quella domanda, ma pensavo sempre che non fosse il momento giusto. Ero al corrente dei suoi problemi economici, del lavoro precario.

«Perché non andiamo a farci un weekend a Lavagna? Un'amica mi ha consigliato una pensioncina carina. Non devi preoccuparti di nulla, pagherò io. Quanto tempo è che non facciamo niente di nuovo? Vedo che sei stanco, secondo me ce lo meritiamo. Ti prego, non dirmi di no...»

Ha tirato lo sciacquone, ha sollevato i boxer e, senza batter ciglio, mi ha uccisa.

«Mi dispiace, Beatrice.» Era consapevole che non mi piaceva sentir pronunciare il mio nome per intero, men che meno con la sua erre moscia che lo faceva sembrare lo snob che non era, almeno per ciò che sapevo di lui fino a quel momento. «Noi non faremo nessun weekend. Mia moglie ha scoperto di te.»

Ho lasciato cadere per terra l'asciugamano. Il cuore ha perso vari colpi.

«Scusami... non ho capito. Chi?!»

«Ho una moglie e due bambine, di due e tre anni.»

«Non sai fare scherzi, e questo non fa ridere nessuno. Ti sta riuscendo una merda.»

«È la verità. Hai tutto il diritto d'incazzarti con me, ma non posso più portare avanti questa commedia.»

«Di cosa cazzo stai parlando?! Come può essere che tu abbia una famiglia e ti sei dimenticato di dirmelo per anni? Aspetta, aspetta... fammi indovinare. Non è mai stato vero niente, giusto? I problemi al lavoro, i turni di notte, la paura di essere licenziato.

Tutte cazzate che mi hai sempre detto per tirare avanti la tua relazione parallela! Tanto io sono una povera cogliona buona solo da scopare, no?! Perché tua moglie non te lo prende in bocca... non è così? Soltanto a sentire la parola *ingoiare* potrebbe subire un malore, poverina. Già me la vedo! Quindi, la notte in cui ci siamo conosciuti al Mc Donald's in Lorenteggio era appena nata la tua prima figlia...!?»

Indietreggiava, con le mani alzate, fino a raggiungere la camera da letto. Non avevo fatto caso che aveva già raccolto le sue cose in uno zaino. Aveva cominciato a infilarsi i pantaloni.

«Come cazzo hai fatto?! Come hai potuto? Cioè, tu adesso mi spieghi...»

«Non serve a niente, ormai. So che non potrai mai perdonarmi.»

L'ho buttato con tutte le mie forze sul materasso. Gli sono saltata a cavalcioni e ho iniziato a riempirlo di pugni. Lui mi ha afferrato i polsi. Ho provato a divincolarmi. Gli ho graffiato la faccia, prima di sputargli in bocca. Mi ha spinta e mi sono sentita sollevare da terra, finendo contro l'armadio. Una fitta tremenda, da mozzare il fiato. Si è alzato, asciugandosi con il copriletto.

«Sei una pazza psicopatica. Il motivo per cui me ne vado è solo questo, non ne potevo più delle tue lagne. Se ho messo in piedi tutto questo cinema è perché sei una cagna e non riuscivo a fare a meno di una troia come te. Ora, però, è finita per sempre. Fatti curare.»

Per terra, sul tappeto della mia stanza, mi sono resa conto di quanto poco sapessi di un uomo che frequentavo da così tanto tempo. Non aveva mai accettato di venire a vivere da me, ma avevamo trascorso ogni momento libero insieme. Almeno così mi ero convinta che fosse andata. Invece, mi aveva soltanto usata e poi buttata via.

Nei giorni seguenti, dopo aver capito che aveva disattivato il numero di telefono, avevo tentato in ogni modo di trovare sue tracce. Mi aveva raccontato di essere contrario ai social e di non avere un profilo. Avevo provato anche su Linkedin senza trovare nulla. Sparito, volatilizzato.

Volevo rintracciare la moglie in qualsiasi maniera, doveva sapere con che razza di pezzo di merda divideva il letto. Non ero mai stata a casa sua, diceva che si vergognava di essere tornato a vivere dai suoi, nella cameretta di quand'era ragazzino, dopo una convivenza finita male. Aveva costruito un mondo fatto di finzione e menzogne. E io ci ero caduta, credevo di aver trovato l'uomo giusto per me. Peccato che lui mi ritenesse una squinternata buona soltanto a soddisfare le sue porche voglie.

Non può essere successo di nuovo con Marco, non posso lasciargliela passare così. Sento che con lui sarebbe tutto diverso, se solo mi desse una possibilità.

Capitolo Dodicesimo

Incontri e ricordi

Marco Bordoni

La mamma mi ha mandato all'Ipercoop. Mi spiace dover tradire la mia cassiera preferita, *Alicenelpaesedellemeraviglie*. Pare che la farina per la pizza con lievito istantaneo ci sia solo qui. Non conosco una persona più abitudinaria. D'altronde, da qualcuno devo pur aver preso.

Ne approfitto per cercare il succo di mela verde, che non trovo sempre. Ma all'improvviso mi sento chiamare.

«Marco!»

Mi giro incuriosito e mi trovo di fronte una vecchia conoscenza.

«Giulia!»

Neanche il tempo di rendermene conto e mi sento travolgere da una ragazza che mi rimanda con un tuffo carpiato nel passato. L'ho conosciuta in oratorio tanti anni fa, quando lei era poco più di una bambina. La mamma mi aveva obbligato a partecipare al grest estivo, perché le avevano detto che c'era bisogno di ragazzi che si prendessero cura dei più piccoli.

«Stai sempre chiuso in casa, almeno fai qualcosa!»

«Lo sai che non mi piacciono i bambini.»

«E cosa ti piacerebbe? Sentiamo! Vuoi diventare come tuo padre?»

«Questo non dovevi dirlo, lo sai.»

«Allora dimostralo.»

A nulla erano servite le mie rimostranze, il mio totale disinteresse per tutto quello che mi circondava. Non aveva voluto sentir ragione e io non avevo avuto la forza di oppormi al suo volere.

Avevo notato subito quella poco più che bambina con i capelli lunghi e gli occhi da cerbiatta, in cui vedevo un fondo di malizia nemmeno troppo mascherata. Quel mese trascorso nel caldo umido subtropicale non passava più, ma andavo volentieri sapendo di trovare lei. Non perché avessi fatto pensieri inappropriati, mi piaceva la sua presenza e basta.

Non si stacca dall'abbraccio e io non posso fare a meno di percepire il suo corpo tonico.

«Ehi, ti trovo davvero bene. Ho saputo quello che ti è capitato e non potevo immaginare di incontrarti dopo così tanto tempo.»

«Be', pure tu sei in grande forma!»

«Faccio la bagnina, anche se vorrei cambiare. Sono tutti lì che mi guardano come se avessero visto la Madonna, alcuni ci provano in modo squallido.»

Come non capirli? Ma tengo per me il commento.

Si capisce lontano un miglio che vorresti provarci. Potrebbe essere tua figlia, ma il tuo problema è che non hai più alcun freno.

A parte che, se anche fosse, non vedo quale sarebbe il tuo problema. Poi sei morto, cazzo! Vuoi lasciarmi in pace?

«Ti ho visto in televisione. Caspita, hai avuto una storia incredibile, ma sono contenta che in qualche modo tu te la sia cavata!»

Non voglio pensare che sia interessata a me in quel senso, è sempre stata molto espansiva. Lei era e resta la piccola Giulia. Anche se è così, così...

Davvero tu non stai bene col cervello. Sei capace di tutto e del suo contrario. Vivi con la paura di avere la comprova di essere lo sfigato che eri prima e che rimani, per me. Perché tu non ci hai mai provato finché non te l'hanno sbattuta in faccia. È stato così con Alicenelpaesedellemeraviglie, *con la tua compagna di scuola, adesso con la* piccola *Giulia che ormai tanto piccola non è più.*

Com'è che sai sempre tutto, tu? Hai fatto una scuola speciale o ci sei nato? Ho sentito dire che sul lavoro non eri così infallibile, il tuo fiuto ti ha giocato spesso brutti scherzi... o sbaglio? Lupatelli, il tuo fidato braccio destro, ti ha fottuto. E ora? Non parli più?

«Grazie, sei gentile. Sono contento di averti incontrata. Dimmi un po' di te. Quanti anni sono passati? Dieci?»

«Fammi pensare... credo fosse l'estate del 2008. Io avevo dieci anni e tu per me eri grande, basterebbe fare due conti. Mi sa che mi ero presa una bella cotta per te. Eri così gentile con me, poi con i bambini ci sapevi fare anche se eri un sacco timido.»

Va a ruota libera, e in modo molto naturale. Cerco di nascondere l'erezione che sento crescere prepotente nei pantaloni, dovrebbe essere cieca per non accorgersene. Sposto la gamba in avanti per tentare almeno di coprire. Lei non fa che peggiorare la situazione, a causa del caldo, dice, slacciando il piumino. Ne emergono due tettine che sembrano puntarmi da sotto il maglioncino, con due punte ben visibili. Devo riuscire a tenere lo sguardo nei suoi occhi, anche se…

«Ho fatto tantissimi lavori e sono ancora alla ricerca del principe azzurro. A proposito, se tu dovessi incrociarlo fammi un fischio, per favore. Vorrei trovare un lavoro stabile e mettere su famiglia. Lo so, sembro una vecchia sognatrice quando faccio così, me lo dicono tutti, ma l'ho sempre desiderato e so che là fuori c'è un uomo per me.»

Addio sogni di gloria.

È palese che lei sta flirtando con te, ma tu preferisci credere il contrario per non rischiartela. Trovo che sia patetico.

«Ti auguro di trovare quello che cerchi.»

«Grazie, sei rimasto una persona dolce. Al contrario di Davide... te lo ricordi? Non perdeva occasione per metterti in difficoltà, era proprio uno stronzo. Non ricordo come faceva di cognome.»

Io sì, anche se avevo rimosso. O quasi.

«Vagamente, ma ormai è passato così tanto tempo... Pure io ero un po' impacciato, gli facevo soltanto perdere tempo.»

«Non è vero!» si infervora, alzando il tono di voce. «Ti sfruttava sempre, ti faceva fare le attività più pesanti e tu non ti lamentavi mai, e non si lasciava sfuggire occasione di metterti in mezzo. Ti aveva persino fatto intendere che una certa Petra fosse interessata a te, solo per il gusto di farti fare una figuraccia davanti a tutti.»

«Questo me lo ricordo. E sei stata proprio tu a mettermi in guardia.»

Come potrei scordarmi quel giorno? C'era un sacco di gente, eravamo all'oratorio di Sant'Antonio, e stavamo organizzando un'attività nel salone in fondo, quello del bar. Giulia cercò di attirare la mia attenzione. Mi ci volle un po' per capire che ce l'avesse proprio con me. Una volta fuori, mi trascinò in corridoio e mi prese in disparte, fino al passaggio verso la chiesa, quasi davanti all'uscita. Era in imbarazzo, riuscivo a comprenderlo persino io, ma si fece coraggio e mi spiegò come stavano davvero le cose. Io non avevo sospettato nulla.

«Non mi sono mai piaciuti i prepotenti, tantomeno i bulli!» la voce di Giulia mi riporta al banco frigo dell'Ipercoop.

Percepisco dell'affinità con questa ragazza. Non riesco nemmeno a dire quanto. So che me ne devo andare, perché quei suoi occhi potrebbero portarmi in una direzione che non voglio.

«Hai ragione, neppure a me. Ne ho incontrati diversi, purtroppo, ma ho imparato a non prestarci più attenzione. Ora devo andare, devo finire la lista della spesa di mia madre. Dopo l'incidente che abbiamo avuto, fa ancora fatica a uscire.»

«Oh, scusa. Non volevo farti perdere tempo.»

«Non dirlo nemmeno per scherzo. È stato un grande piacere, sul serio!»

Mi travolge con quel suo sorriso così solare, contagioso, che mi fa venire voglia di abbracciarla, ma m'infilo nella corsia delle bibite. Spero di non rivederla più.

A casa accade qualcosa che non mi aspetto. Abbiamo visite. Luca, mio fratello, è riapparso dal passato. La mamma mi lancia un'occhiata di fuoco, nel tentativo di farmi capire che non accetterebbe una reazione scomposta da parte mia.

«Qual buon vento! Com'era? Non ci avevi cancellati dalla tua vita, perché noi rappresentavamo una zavorra che avrebbe fermato la tua possibilità di fare esperienza nel mondo? O una cosa del genere, più o meno. Mi ricordo un riferimento alla campana di vetro, giusto? E adesso cosa vuoi?»

«Sono felice anch'io di rivederti, fratellone. Prima che tu parta in quarta, non sono qui per cercare soldi o cose di questo tipo. È stata Eleonora a suggerirmi di venire. Ti ha visto in televisione, e sono tanti anni che mi dice che vorrebbe conoscervi e presentarvi vostra nipote Tania. I primi tempi non è stato facile, non ho paura ad ammetterlo, ma ho smesso di fare il coglione quand'è arrivata lei. Ho trovato un ottimo lavoro nel settore automobilistico. Non so se ho fatto bene, ma sapevo che il primo passo spettava a me. Ora sta a voi. La mamma mi è sembrata contenta... e tu?»

Io sono incazzato nero, perché sei sempre stato il preferito di tutti. Non hai vissuto nella paura grazie a me, anche se non lo saprai mai. Hai avuto sempre tutto, mentre io dovevo aprire la pista, guadagnarmi le prime uscite la sera con gli amici, con il coprifuoco all'una, quando tutti cominciavano a divertirsi. Tu la prima volta sei tornato alle cinque di mattina e la mamma non si è nemmeno posta il problema. Te ne sei sempre fregato, pensando di essere diverso, superiore. E forse lo sei sempre stato, ma non sai la fatica che ho fatto. Adesso sei qui, con quello sguardo strafottente, a passare la palla a me.

«Dai, vieni qua.»

Lo abbraccio forte. Non perché sia la cosa giusta da fare, ma perché, nonostante tutto, mi è mancato.

Sembra quasi una reazione da essere umano capace di provare sentimenti. Sono colpito.

Trascorrono le ore. Ci fa vedere la foto di una signorina di dieci anni con gli occhi come i miei che mi conquistano subito. So già che basterà un attimo perché diventi la mia preferita.

Mi domanda di ciò che è successo senza alcuna curiosità morbosa e invadente. Sembra interessargli sul serio cos'ho passato. Lui, sempre così concentrato su se stesso. Lo vedo cambiato, più maturo. Forse la compagna lo ha aiutato a crescere. Mi fermo a guardarlo come parla con la mamma, noto negli occhi di lei una gioia che non le riconoscevo da tanto tempo. In effetti, io non devo averle dato tanti motivi di soddisfazione.

«Parlami della mia nipotina. Cosa fa?»

«Eh, fosse per lei non starebbe ferma un attimo. Quest'anno ha insistito a tutti i costi per la ginnastica artistica. Fino a giugno dell'anno scorso faceva danza, però non le piaceva. Adesso è meglio non dirle niente per non farla esaltare troppo, ma quando la vedo volteggiare è così aggraziata che sembra volare!»

La mamma ha le lacrime agli occhi. So che si è immaginata di vederla.

«Sentite, non si può cancellare il passato come se non fosse mai accaduto nulla, lo so. Ci terrei un sacco a farvi conoscere lei e la mia compagna. Se volete, potete pensarci su, non voglio imporre qualcosa che non sentite dentro, ma... per me sarebbe importante.»

La mamma mi fissa, capisco che devo essere io a rispondere.

«Non voglio fare il guastafeste. Abbiamo sofferto molto quando te ne sei andato... No, mamma, fammi finire! Avrai avuto i tuoi motivi, ci ho pensato tanto. Un sacco di volte avrei voluto venire a cercarti per riprovarci, ma sapevo che non sarebbe servito. Abbiamo saputo quando è nata Tania e la mamma mi ha detto che, se avessi voluto, saresti stato tu a trovarci. Non lo hai fatto, lo stai facendo solo adesso. Tu eri un bambino quando è mancato papà e io ho tentato di fare del mio meglio per proteggerti. Forse, pure troppo.»

Mi mette una mano sul collo e abbassa la testa. Non vuole che si veda la sua commozione.

«Adesso sei qui. E per me questo basta, non mi occorre altro. Se vorrai parlare, raccontarci quello che ti è successo, quali sono stati tuoi motivi... be', io ti ascolterò. Per me è più importante che tu abbia fatto questo passo, perché mi rendo anche conto che non è stato facile. Insomma, quando siete liberi?»

Ci salutiamo con un altro abbraccio, ancora più intenso del primo. Domenica prossima sarà il momento delle presentazioni.

Capitolo Tredicesimo

Io e lui: noi

Marco Bordoni

La mamma è all'estremo della felicità. Un concetto astratto dietro il quale tanti non si danno pace, che sembra sfuggire ed essere irraggiungibile quasi per definizione. L'ho vista sempre preoccupata, arrabbiata, triste, apatica, mai davvero contenta. La verità è che ci eravamo chiusi in un piccolo mondo fatto di routine e piccole certezze, in cui in apparenza niente ci avrebbe potuti scalfire.

Un castello crollato a casa di un professore di economia pieno di sé. Non posso dimenticare le sue parole, mentre ero lì soltanto per svolgere il mio lavoro di consulente finanziario.

«Ah, è così che funziona? Allora dev'essere ricco sfondato! Quanti milioni ha fatto così? Non sia timido, su, non mi dica che ha investito nel fondo Pacifico. Quello scendeva e continua a scendere» era divertito, mi scherniva.

Provavo a reprimere le lacrime che sentivo battere sulle palpebre, avrei voluto nascondermi.

«Quali studi ha fatto? Le medie? Chi è stato il suo mentore?»

«Sono laureato in biologia e ho seguito un corso da promotore finanziario, ma questo non significa che io non sia preparato.»

«Be', ora si spiega tutto, è chiaro! Immagino un corso per corrispondenza o... cosa?!» E rise, rise, rise. Senza tregua.

Il primo non si scorda mai, vero? Cosa ti ha fatto scattare? Non deteneva certo l'esclusiva di chi si prendeva gioco di te. O sbaglio?

Sì, era già successo prima di sentirmi umiliato, considerato un buono a nulla. Mi ero convinto che non mi importasse, che andasse bene così. Però ti sbagli di grosso stavolta, il primo è stato mio padre. L'esclusiva era la sua. Quando si attaccava alla bottiglia era fuori controllo. Che colpe avevo io?

Non dovrebbe succedere mai, è vero, *ma quanti bambini vivono situazioni terribili? Dovrebbero diventare tutti dei serial killer?*

Questo non lo so. Non sono tante le cose di cui sono sicuro. Però posso dirti quanto male mi ha fatto.

«Che mi consigli? Cosa posso preparare per domenica?»

«Non lo so, mamma. Lo scopo non è farsi un'abbuffata, non ho la minima idea di quali gusti abbiano.»

«Magari sono anche cambiati.»

«Appunto. Vai con i tuoi cavalli di battaglia e stai tranquilla. Andrà bene, non preoccuparti. Te lo prometto.»

Mi stringe, stavolta con entrambe le braccia. I lividi sembrano spariti, non soltanto sulla pelle. Forse non servono parole, sebbene ne avrei tante da aggiungere.

Mi squilla il cellulare. È Gabriele. Chi, sennò?

«Sei seduto? Altrimenti fallo subito.»

«Spara, tanto ormai non mi sorprende più niente delle tue proposte.»

«Fa' un po' come credi. Allora, mi hanno contattato dalla redazione del *Maurizio Costanzo Show*, ti vogliono per la prima puntata della stagione nuova. Ti rendi conto?»

Lo guardava sempre mio padre. Bisognava stare in religioso silenzio, ai tempi, quando cominciavano le note del pianoforte della sigla iniziale. Era sempre la stessa, ma lui non poteva perdersela. Non dimenticherò mai la volta in cui, a suo avviso, io gli avevo fatto perdere un passaggio *fondamentale*. Ora non saprei dire chi stesse parlando e di cosa, ma ricordo perfettamente la sua furia. Strano che non abbia aspettato la pubblicità per la doppia razione quotidiana di mazzate.

«È una grande notizia!»

«Aspetta, frena, non percepisco la giusta consapevolezza da parte tua. Hai presente cosa può significare? Vedo già la proposta per un libro in cui tu possa raccontare la tua verità, tutti i retroscena. Best seller assicurato.»

«Io non sono uno scrittore, non saprei da che parte iniziare.»

«Ancora non hai capito che io sto qua proprio per risolverti ogni problema? Sarà in puntata anche uno scrittore molto impegnato nel sociale, ho tutta l'intenzione di prenderlo in squadra, alla gente piace questa roba. Ha pubblicato un libro sul femminicidio di un'amica della moglie, ha fondato un'associazione con la madre della vittima e hanno messo su uno spettacolo teatrale per lavorare sulla prevenzione. A me pare il profilo perfetto.»

«Non ti ci vedo a leggere qualcosa, chissà perché. Cosa ti fa credere che a lui interessi il mondo che tu offri?»

«Non apro un libro dai tempi della scuola, ma non è questo il punto. Noi abbiamo bisogno di uno che appare al servizio degli altri. Servono come il pane le figure positive, dammi retta. Non fare l'ingenuo, a tutti fanno gola la notorietà, la fama, i soldi, la figa. Come hai imparato, è esattamente questo ciò che offro.»

Insomma, vorrebbe sfruttare uno che cerca di fare del suo meglio per una causa in cui crede. In perfetto stile Gabriele, direi. Taglio corto, tanto ho imparato che la discussione con lui non porta mai da nessuna parte che non sia la sua, anche se stavolta, devo ammetterlo, mi ha incuriosito.

La mamma è accanto a me e le confermo quanto ha già inteso.

«Sei sicuro? È quello che vuoi?»

«Non è che abbia tanta scelta, mamma. Voglio solo capire dove mi porta.»

Dopo averla rassicurata un po', vado a cercare l'autore citato da Gabriele. Leggo una sua intervista in cui accenna a un passato in cui è stato vittima di tradimento. Non è usuale che un uomo lo racconti, come se in qualche modo possa uscirne sminuita la sua figura. Devo parlargli.

La giornata da turista a Roma sarà per un'altra volta. Il viaggio è stato organizzato da Mediaset con un trattamento che non mi attendevo. Autista sotto casa, volo Linate-Fiumicino, omino in attesa agli arrivi con un cartello in mano, trasferimento negli studi con ottimo aperitivo di benvenuto. Mi hanno guardato strano, come sempre, quando ho riferito di essere astemio, ma se la sono cavata alla grande con un succo di frutta eccezionale.

Durante la registrazione mi sento, per la prima volta, rilassato. Maurizio Costanzo fatica a parlare, sembra che ogni parola sia una sofferenza. Penso che sia così abituato a usare la sua eloquenza che, forse, non ci fa nemmeno più caso. Sono concentrato come sempre, anche se ormai, in qualche maniera, ho fatto l'abitudine alle luci, al pubblico e a tutto il contesto.

Ascolto con attenzione le parole dello scrittore e sento a pelle che, in un certo modo, ci assomigliamo. Faccio più caso a ciò che non dice che a quello che esplicita. Devo trovare la via per approfondire la nostra conoscenza. Ho una domanda precisa da fargli.

Siamo seduti a tre sedie di distanza, con in mezzo una ragazza bellissima, una certa Valeria. Provo in tutti i modi a non soffermarmi sulla sua scollatura che, dalla mia posizione, dà bello sfoggio di sé. Meglio evitare di passare per un maniaco sessuale davanti a milioni di italiani, oltre che alla mamma.

Ormai la storia che devo raccontare l'ho mandata a memoria e, come sempre, suscita un velo di commozione. Anche Valeria ha gli occhi lucidi, mi sorride. Appena conclusa la trasmissione, noto alcuni ospiti avvicinarsi a me, ma li schivo per raggiungere lo scrittore.

«Ha già cenato? Le riprese non finiscono mai e io faccio il possibile per non esagerare prima con i pasti, per non farmi vincere dal torpore.»

«Si è fatto tardi. Credo che andrò in hotel.»

«Non vorrei apparire insistente, ma mi ha colpito

molto quello che ha raccontato davanti alle telecamere. Il lavoro che state portando avanti è fantastico. Mi piacerebbe essere utile in qualche modo, magari potrei darle una mano.»

«La ringrazio. Ho letto la sua storia, ci si potrebbe scrivere qualcosa. Ci ha mai fatto un pensiero? Tanti anni fa ho pubblicato un libro proprio partendo da quello che per me era un caso controverso, di cui per tantissimo tempo sembrava parlassero tutti.»

Avevo letto del suo esordio prendendo spunto dalla vicenda di cui mi aveva parlato sin dalla prima volta Beatrice, la tassista, che ne sarebbe stata molto contenta. Ormai l'ho bloccata da alcune settimane e non ne so più nulla. Se lo avesse incontrato, sono certo che non lo avrebbe mollato per diverse ore. Il mio interesse è però un altro, non voglio rischiare di divagare.

«Più ci rifletto e più sono consapevole di quanto il mio caso sia stato un vero colpo di fortuna. Le probabilità di uscirne fuori senza conseguenze erano davvero basse.»

«So cosa intende. Quando si entra nei meandri della giustizia è complicato uscirne indenni. Potrei fermarmi una mezz'oretta per mangiare qualcosa al volo, ma a quest'ora la vedo difficile trovare un posto aperto.»

«Ho chiesto prima all'autista e mi ha indicato un locale a due passi da qui, anzi ci tiene che si dica che ci manda lui. In realtà, avrebbe dovuto aspettarmi per accompagnarmi in hotel, ma gli ho detto che ci vedremo direttamente domani mattina per il volo di rientro. Preferisco prendere una boccata d'aria.»

Ci incamminiamo conversando del più e del meno.

Lui ordina un cheeseburger e una Coca Cola. Io lo stesso. M'incuriosisce, voglio capire fino a che punto spingermi. Siamo passati al tu.

«Prima dicevi che dal tuo libro è stato tratto uno spettacolo che avete portato in scuole, oratori, festival e aziende. Poi con Sky c'è stato uno scatto che non ti aspettavi.»

«Non ti nascondo che non è stato facile conciliare tutto. Le repliche erano sempre molto complesse da organizzare, fra sopralluoghi, le esigenze degli attori, i contatti con referenti che spesso non conoscevano bene, come me del resto, il teatro. Poi, sì, Sky ha portato grande visibilità al nostro progetto, che era quello che più m'interessava. E, non posso far finta di niente, anche a me, in una certa maniera. Fra l'altro gran parte del merito è di Alice, la regista e sceneggiatrice, e di Francesca e Nino, due attori calati alla perfezione nelle rispettive parti: di meglio non avrei potuto trovare.»

«Ho letto una tua intervista quando ho saputo che saremmo stati ospiti insieme, e mi ha colpito che tu abbia rivelato in un modo così sereno di esser stato tradito, nonché quanto ci hai sofferto. Insomma, ritengo che non sia da tutti esporsi così verso il pubblico.»

«E non ho svelato la parte più divertente!»

«Cioè?!»

«Con chi sono stato tradito...»

«Il miglior amico è troppo scontato...?»

«Sì, forse, ma non ci sei andato così lontano. In effetti lo conoscevo, pure piuttosto bene. Un insospettabile.»

«Non mi stupisco più di nulla e non vorrei apparirti indiscreto, ma... adesso mi hai fatto crescere la curiosità. Ti giuro che non ne farò mai parola con anima viva.»

«Figurati, non è questo il problema. Chi mi conosce lo sa bene, anche se sono passati tanti anni. Al tempo la vicenda ha suscitato un discreto scandalo.»

«Se mi dici così, mi viene da pensare al prete che ha celebrato le vostre nozze, ma mi sembrerebbe davvero troppo!»

Resta immobile, senza lasciar trapelare alcuna emozione. Almeno ai miei occhi. Raramente mi sono sentito così vicino e in sintonia con un altro essere umano, ancora di più che con Bea. Ho la sensazione di averci preso, ma non posso spingermi oltre, lo perderei.

Rimango per un attimo anch'io senza parole. Di rado mi capita di sentirmi coinvolto in qualcosa, soprattutto quando riguarda altri. Non mi aspettavo una confidenza di questo tipo e non capisco se posso lasciarmi andare anch'io. Mi piace questo tizio, è caduto in fondo al tunnel più buio ed è riuscito a venirne fuori. Sono curioso.

«Diciamo che resto col dubbio, non insisto. E come hai reagito?»

«Ero incredulo. Ho provato a metterli di fronte alle loro responsabilità, ma non c'è stato verso. Così li ho sbattuti fuori.»

«Li hai trovati in casa?! Non ci credo. E non gli hai neppure mollato un pugno?»

Sorride, con amarezza. «Sì, scusa, ho dato un po' tutto per scontato senza illustrarti i dettagli. Non ti nego che l'istinto di farlo ce l'ho avuto. Avevo chiesto a mio fratello e a un suo amico a quattro ante di accompagnarmi, proprio per bloccarmi qualora la situazione fosse precipitata.»

Sembra sincero, ma... come può essere? Come può aver mantenuto un simile controllo? In fondo io, per molto meno...

E questa come te la spieghi? Avrebbe avuto più motivi dei tuoi. Invece, pensa un po', è riuscito a controllarsi e ha continuato con la sua vita. L'istinto ce l'abbiamo tutti, ma cosa ci distingue, alla fin fine, dagli animali?

Smettila! Piantala! Non siamo tutti perfetti come questo qui. Di sicuro non io.

Non lo sarà nemmeno lui, non è questo il punto. Tutti soffriamo, ma per fortuna nessuno reagisce come te. Ti sei mai domandato perché?

«Non ci credi, vero? Fanno tutti la tua espressione. Se pure l'avessi massacrato, cosa sarebbe cambiato? Avevo chiamato un amico carabiniere prima di salire e quando li ho sbattuti fuori mi ha confidato che aveva allertato i colleghi per venirmi ad arrestare. Avrei buttato via anche la mia vita, oltre alle loro. Invece ho fatto tante altre cose che altrimenti non ci sarebbero state. Mi sono rifatto una vita con una donna che amo, abbiamo due figli speciali in affido che, benché non sia sempre facile, non cambierei per nulla al mondo. Scrivo cose che sembrano piacere, ho l'associazione, il teatro. Se avessi ucciso quella merda, perché di questo si tratta, non ci sarebbe stato niente di tutto ciò.»

Nel mio caso è accaduto esattamente il contrario, ma non mi sembra opportuno condividere questa riflessione con lui.

Adesso come la metti? Tu non pensi nemmeno alle

conseguenze delle tue azioni, perché non hai mai avuto nessuno, a parte tua madre. Ora capisco perché tieni lontana Beatrice, non puoi permetterti di lasciarti sopraffare dai sentimenti positivi, giusto? Ti fanno così tanta paura?

Finiscila, basta! Vuoi capirlo che io e te non la vedremo mai allo stesso modo? Se mi interessassero tutte le tue perle di saggezza, andrei da uno strizzacervelli che m'insegni come vivere la mia vita. Invece no, non lo faccio. E questo non ti suggerisce niente?

Vorrei domandare all'uomo che ho di fronte qualcosa in più sul traditore, ma a me non ha fatto nulla e non posso lasciarmi coinvolgere. Dovrei metterlo in guardia su Gabriele, ma desisto perché non mi sembra tipo da lasciarsi abbindolare da facili promesse. Come in realtà ho fatto io, anche se nel mio caso faceva tutto parte di un piano che rischia adesso di scapparmi di mano.

Resto colpito e sorpreso. Concludiamo l'incontro affrontando qualche argomento meno impegnativo e personale. Poi ci salutiamo e mi avvio verso la salita che conduce al mio hotel.

Esco sul terrazzino e osservo le luci della città che si estende lontana, a perdita d'occhio. Non riesco a scorgere il Cupolone né altri monumenti visti soltanto sui libri.

Continuo a tornare alle parole dello scrittore. Come possiamo essere così diversi?

Capitolo Quattordicesimo

Una giornata in famiglia

Marco Bordoni
È il gran giorno. Siamo in fremente attesa dell'arrivo di Luca con la sua compagna Eleonora e la nostra nipotina Tania. Ho paura che la mamma collassi non appena sentirà squillare il citofono. Si è trasformata in Cenerentola, potremmo mangiare sul pavimento del bagno, tanto lo ha lucidato. Ha comprato persino delle piante ornamentali per il mobile in sala, oltre ad aver riempito la casa di diffusori di profumo con tanto di legnetti, affinché propaghino gli aromi ovunque e in maniera uniforme. Io non sento più da tempo l'odore di fumo. È pur vero che potrei essermi assuefatto dopo anni di nebbiolina ristagnante.

Cucina da due giorni, mi ha mandato a fare la spesa varie volte, so che vuole che sia tutto perfetto. Non che la cosa mi sia dispiaciuta, poiché ho potuto approfittarne per fermarmi dalla mia cassiera preferita. *Alicenelpaesedellemeraviglie*.

«Ti ho visto l'altra sera da Maurizio Costanzo. Ormai sei un VIP!»

«A dirla tutta, secondo me questa cosa della televisione avrà vita breve.»

«Perché? Tutti vorrebbero essere al posto tuo, ricco e famoso.»

«Be', come vedi sono sempre qui a fare la spesa. Battute a parte, è un mondo che non mi appartiene. Mi sembra finto e poi non interessa niente a nessuno. Ti sfruttano fin quando possono, poi ci sarà qualcun altro da spolpare.»

«Non ci avevo mai pensato. Vedi? Alla fine si cerca sempre qualche cosa che sembri dare un senso alla vita. E poi, magari, quando credi d'averla ottenuta, scopri che in realtà non è così.»

Non sono riflessioni un po' troppo impegnate per la cassa del supermercato? Perché non provi a capire se potreste proseguire la discussione da qualche altra parte? Quanto vorresti avere la certezza di una sensazione, sapere se lei è interessata a te o no? Te la immagini che ti desidera, nuda nel suo letto, visto che nel tuo non si può perché vivi ancora con mammina. Hai paura, ne hai sempre. O forse mi sbaglio?

Smettila! Cazzo, basta! Pure se fosse, cosa te ne frega?

«Scusa, sono stata forse un po' invadente e non era mia intenzione. Faccio sempre un sacco di viaggi con la fantasia, ma si deve sempre restare con i piedi per terra.»

«No, tranquilla. È un piacere fare quattro chiacchiere con te.»

«In realtà, a una cosa buona la tua popolarità è servita: prima non davi l'idea di essere uno con troppa voglia di scambiare due parole...»

Vedi che ho ragione? Cos'altro deve fare perché tu le chieda di uscire? La verità è che te la fai sotto e non hai le palle. Non lo farai mai!

Ho un sorriso impacciato. Per fortuna è comparso il totale sul display e ho dovuto pagare. Ho salutato e mi sono allontanato.

Una volta caricati i sacchetti nel baule, mi sono voltato e, attraverso le vetrate, ho incrociato lo sguardo di *Alicenelpaesedellemeraviglie*. Ho alzato la mano per un altro saluto e sono quindi salito in macchina.

Te la sei data a gambe, come sempre. Vivi con i tuoi fantasmi e le tue paure, che non ti abbandoneranno mai...

Tu sei uno di questi, lo sai? Sei un fottuto fantasma anche tu.

Forse è il caso che io cambi supermercato, o almeno la cassa. Potrebbe aver ragione *Barzaglivocinanelcervello*, però non mi sembra una ragazza da una botta e via. La verità è che non riesco a togliermi dalla testa Beatrice.

Ti ricordi il motivo per cui hai interrotto i contatti?

Non so spiegare cosa mi sia successo quella sera, ma non voglio e non posso correre rischi. Sono stato io a fermarmi dopotutto, no?

La mamma ha anche comprato un regalo per Tania, la nipote che non ha mai visto. Mi ha detto di essere convinta che le piacerà. Si è informata, pare abbia fatto lunghe ricerche su internet.

Ha messo il vestito buono, gli orecchini che le ho regalato per l'ultimo compleanno, la collana in pendant.

Suona il citofono e lei si precipita come se fosse ai blocchi di partenza dei cento metri olimpici. A occhio e croce, sarebbe almeno salita sul podio.

Eleonora mi colpisce. Mio fratello ha sempre avuto ragazze bellissime, molto appariscenti, e lui, orgoglioso, amava quasi esibirle, ostentarle. Lei invece è semplice, non certo brutta, in ogni caso molto diversa da quella che mi aspettavo. Simpatica, riesce a superare quel minimo imbarazzo iniziale e proviamo a comportarci come se ci conoscessimo da sempre, come fossimo una vera famiglia.

Tania resta un po' sulle sue, composta sulla sedia, con le braccia conserte. Si limita a rispondere con un filo di voce. Ha i capelli ribelli raccolti in una coda, gli occhi però sono scuri nonostante mio fratello li abbia azzurri e la madre verdi. Lo stesso che è accaduto a me: con entrambi i genitori con gli occhi chiari, li ho dello stesso colore di Tania. Ricordo che alle medie, durante una lezione di biologia, la professoressa ci spiegò la questione dei caratteri dominanti e di quelli recessivi. Riteneva che non ci fosse alcuna possibilità che da una coppia con occhi chiari, quindi con soli geni recessivi, potesse nascere un figlio che li avesse scuri. Quando poi tornai a casa, esposi la teoria alla mamma, che mi spiegò che in realtà il colore può saltare una generazione e che io avevo dunque preso gli occhi della nonna. La professoressa era stata però categorica, e non so se mi convinsi fino in fondo di quella spiegazione.

«Se mamma e papà non hanno niente in contrario, ho un pensierino per la mia nipotina. Che poi tanto *ina* non è, visto che ormai è una bella signorina!»

Lei sorride e guarda i suoi, cercandone il consenso.

«Grazie.»

La mamma prende un pacco abbastanza voluminoso che da un paio di giorni tiene in camera sua. Non ho la minima idea di cosa abbia scelto.

Osservo questa ragazzina davanti a me che mi

sembra davvero entusiasta mentre scarta il proprio regalo. Sbucano fuori due rollerblade rossi, con i lacci bianchi.

Tania fa un sorriso che mi ricorda Jack Nicholson nella sua versione di *Joker*, forse un po' meno inquietante. Saltella sul posto, sembra l'immagine della felicità. La mamma pare aver fatto centro.

«Papà, posso provarli?»

«Stiamo ancora mangiando, dopo andremo giù insieme.»

La vedo sedersi strozzando l'euforia in gola.

«Dai, Luca. Una piccola pausa prima del dolce? Vado io un po' giù con lei, mi farebbe piacere.»

Forse è la prima volta che mi sento collegato in qualche modo a un'altra persona, che provo un legame vero, profondo, nei confronti di chi, ne sono consapevole, conosco soltanto da un paio d'ore. Eppure è così.

Ci infiliamo in pochi minuti scarpe e giubbotto e siamo in cortile, sotto al portico. La osservo sedersi per terra e infilare i pattini. Si alza appoggiandosi a una colonna e rischia di scivolare. Sento l'istinto di prenderla al volo. Mi fermo, perché possa trovare da sola la posizione migliore.

Per i primi metri barcolla, le allungo una mano per sorreggerla. Lei mi guarda e mi sorride. La accompagno per un breve tratto, finché mi sembra faccia meno resistenza e sia un po' più sicura. Comincia a girare in tondo e vedo l'immagine della gioia. Sento alcune lacrime salirmi agli occhi, ma provo a trattenermi. Non voglio darle l'impressione di essere lo zio frignone. Non ho mai pensato alla paternità, e non credo di avere quest'istinto.

Forse è meglio che non si tramandino alle future generazioni i tuoi geni malati. Non è un dettaglio da sottovalutare.

Tania è molto educata, mi sembra determinata. Non si arrende, forse a maggior ragione perché imparare a pattinare non è così fondamentale nella vita, lei ci mette tutto l'impegno.

Non mi rendo conto del tempo che passa finché non vedo uscire Luca dal portone.

«Signorina, mi sembra che tu abbia provato il regalo della nonna più che a sufficienza. Adesso che ne dici di tornare su? Anche perché non vorrei che sudassi e ti beccassi un altro raffreddore. Per quest'anno abbiamo già dato, non trovi?»

Rientriamo in casa e Tania non è la stessa di poco prima. Corre ad abbracciare mia madre, raccontandole dei suoi progressi immediati.

«Nonna, mi hai fatto un regalo bellissimo! Lo sai che li ho sempre desiderati? Papà mi aveva promesso che me li avrebbe regalati per la prossima estate.»

«Sono davvero contenta! Ho cercato un modello che si potesse adattare, il negoziante mi ha assicurato che copre almeno sei misure... ti vanno bene? Siccome so che ti sta crescendo il piede...»

Ho temuto che non avesse azzeccato la taglia fin quando non abbiamo letto nelle istruzioni, che illustravano come aggiustare la lunghezza.

«Lo zio mi ha aiutata, sono perfetti. Così li posso sfruttare più a lungo e non si spreca una cosa così bella!»

Interviene Eleonora, molto divertita dalla reazione della figlia: «Sì, dovete sapere che la nostra ragazza è nel suo periodo in cui è molto attenta alle questioni ambientali, al riciclo, a non sprecare niente. Hanno fatto un incontro a scuola che l'ha colpita molto».

«Mi sembra un'ottima cosa. Io sento parlare di questo tema da quando ero alle elementari. La maestra Bottoni ci diceva sempre di chiudere l'acqua quando ci lavavamo i denti, di dire alla mamma di mettere il coperchio sulla pentola per farla bollire prima o di chiudere il rubinetto quando ci insaponavamo sotto la doccia. Ho sempre seguito i buoni consigli, vero, nonna?»

«Ecco, adesso sei diventato automaticamente il suo eroe!»

Ridiamo tutti. Mi piace il clima che si è creato senza troppo sforzo. Eleonora è davvero brava a mettere tutti a proprio agio. Mi sembra una donna sveglia, la prima impressione le ha reso poca giustizia. È molto espressiva, più di tutto mi ha colpito come si relaziona con la figlia. Riesce a essere ferma quando qualcosa non la convince ma anche comprensiva e amorevole. Le basta uno sguardo.

Ho capito il motivo del cambiamento di mio fratello. Ho la sensazione che lei riesca a tirare fuori il meglio dalle persone, senza rimestare nei rancori, nelle parole non dette, nelle ferite inferte. Siamo qui e ora, tutti insieme, non serve altro.

Il pranzo si conclude senza scivolare su argomenti che avrebbero potuto guastare il bel clima. Ci abbracciamo e Tania, sulla porta, mi fa una domanda che non mi aspettavo.

«Zio, vero che ci troviamo ancora e facciamo vedere alla nonna come vado sui pattini?»

«Io sono a tua disposizione. Quando papà e mamma diranno che puoi venire, basta che mi fate uno squillo. Così potremo andare al parchetto qua sotto. Secondo me, lei sarebbe la nonna più felice del mondo.»

Non occorre che mia madre risponda, perché sappiamo già tutti cosa sta provando.

«Lo sono già! Piccola mia, con enorme gioia io verrò a vederti pattinare...»

Capitolo Quindicesimo

Darci un taglio

Bea la tassista

Mi ha bloccata sul serio. Da tre giorni non vado al lavoro, non ci riesco. Dopo l'ultima corsa ho rischiato di esplodere. Ho preso una chiamata dall'Hotel Galles in piazza Lima, in tarda serata. Ho trovato due signore in là con gli anni che credevo fossero insieme, ma ho capito di essere in errore quando hanno iniziato a discutere di chi fosse il taxi. Avevano in mano il bigliettino rilasciato dalla reception e sono riuscita a far tornare la calma fra loro, anche grazie a un collega sopraggiunto sul posto.

«Non vedo come sia possibile che simili cafone possano mettere piede in eventi come i nostri. Mi sentiranno al prossimo incontro e... si figuri che quella signora era l'ospite d'onore! Ha visto com'era vestita?»

Non che lei avesse brillato nei modi, ma mi sono sforzata di restare serena e chiedere con cortesia la destinazione desiderata: neanche a dirlo, Foro Buonaparte, vista Castello Sforzesco. Avrei di gran lunga preferito il silenzio, ma ho realizzato subito che non sarebbe stato possibile.

«Guardi, se anche stasera la Janet non mi fa trovare la sala in ordine è la volta buona che la rimando nelle Filippine o da dove diavolo viene. Aveva ottime referenze, è stata pure a casa di una delle famiglie più in vista della città per tanti anni... non mi faccia parlare. Si crede quasi lei la padrona, da non credere. Io le dico di fare in un modo e lei fa sempre di testa sua.»

Una delle classiche circostanze in cui non si trattava di una conversazione, ma di un monologo che non avevo alcuna intenzione d'interrompere per esprimere il mio dissenso. Finché non ha pronunciato le parole che non avrebbe dovuto, colmando in un istante la misura già traboccante.

«Eh, ma cosa vuole, questa gente qui non è mica uguale a noi.»

Ho frenato senza guardare nello specchietto retrovisore nel bel mezzo di Foro Buonaparte. Si è fatto tutto ovattato intorno, sentivo suoni lontani, forse le sue parole, i clacson degli altri automobilisti, persino lo scampanellio del tram. Sono rimasta immobile un tempo che non saprei quantificare.

«Scenda.»

«Eh?! È impazzita? Secondo lei cosa dovrei fare adesso, farmela a piedi?»

«Preferirei non ripeterglielo. Scenda. Mancano quattrocento metri a casa sua, e comunque non m'interessa.»

«Ah, ma lei fa proprio sul serio! Non si aspetti che le paghi la corsa, perché lei non ha portato a termine il suo lavoro. Si pentirà di questa scelta, glielo garantisco. Adesso mi annoto il numero e... vedrà. Comunista!»

«Se essere comunisti significa avere umanità, be'... allora sì, sono comunista. Il vero problema sono le persone come lei, invece. Addio.»

Sono ripartita con lo sportello posteriore ancora aperto. L'ho vista continuare a sbraitare e a inveire nella mia direzione.

Sono piuttosto certa che riceverò un reclamo, non sarebbe il primo. Il nostro è un servizio pubblico, sì, ma io non sono un robot impermeabile a tutto.

È il motivo principale per cui non posso lasciar correre con Marco. Non più. Sarà l'ultima volta che consento a qualcuno di trattarmi come un oggetto.

Ho visto su Facebook che stasera parteciperà a una trasmissione negli studi di Telelombardia. Bazzico spesso da quelle parti, mi è capitato diverse volte di fermarmi a mangiare un boccone al Francesino caffè, dove ho riconosciuto spesso alcuni dei conduttori delle trasmissioni in cui si parla di calcio. Quelle che seguiva papà quand'ero piccola. In attesa della chiamata successiva, non perdo mai l'occasione di scambiare due chiacchiere con le ragazze dietro al bancone, Deborah e Giorgia, due cugine che portano avanti l'attività di famiglia sempre con il sorriso sulla bocca. La verità è che alla cucina pugliese faccio fatica a resistere, da sempre.

È quasi buio quando lascio il taxi nel parcheggio di fronte alla stazione di Bovisa. Non voglio che possa notarlo, e m'infilo verso la desolata via Bellagio. La casa occupata all'angolo mi incute un po' di timore. Ho il cappuccio del giubbotto alzato e cammino a passo sostenuto dalla parte del muretto di fronte. Nonostante le finestre chiuse, si sente musica elettronica a palla. Faccio finta di non percepire il commento di due ragazzi davanti all'ingresso, intenti a fumarsi una canna.

«Cosa ci fa qui una bella ragazza come te tutta sola? Non lo sai che non è sicuro? C'è brutta gente in giro, ma possiamo proteggerti noi...»

L'istinto di rispondere che saprei benissimo come difendermi mi sfiora la mente, ma preferisco proseguire per la mia strada. Lo zaino pesa. Non tanto in termini fisici, quanto per ciò che dovrò fare. Non ho ripensamenti, sono decisa. Non mi interessano le conseguenze della mia azione, anche perché a nessuno fregherà nulla. A me no di sicuro. Se non faccio quello che devo, non cambierà mai niente nel mio futuro, lo so. Me lo devo.

La zona è deserta dopo una certa ora, ma non ho paura. Devo solo incontrarlo, poi sarà tutto finito.

Mi arresto di fronte alla cancellata. Anche se non ci sono insegne, so che dovrà passare di qua. Passeggio nervosa, l'aria è umida, ma non fa freddo. Ormai è febbraio inoltrato, le giornate si stanno allungando. Sfilano davanti a me alcune macchine che entrano senza quasi fermarsi. No, non sono agitata. L'attesa si rivela più lunga di quanto potessi immaginare. Sono arrivata in anticipo per non perdere l'occasione, perciò devo rimanere pronta. So cosa devo fare.

Mi assale un dubbio. Ho conosciuto tanti stronzi, ma... perché proprio lui? Non è per il modo in cui mi ha mollata, Jean Claude è stato molto peggio, giusto per citare l'ultimo esempio. Forse è proprio perché non ne afferro il motivo. Non mi ha degnata di una parola, di una minima spiegazione. Come se ce ne potessero essere di coerenti, poi.

Vedo avvicinarsi in lontananza una figura scura,

con un soprabito nero, a passo sostenuto. Attendo finché non giunge vicino. Prima che possa superarmi senza rivolgermi nemmeno uno sguardo, tiro giù il cappuccio e lo fisso negli occhi.

«Bea.»

«Marco.»

Restiamo immobili alcuni secondi finché capisco che sta cercando di imbastire una scusa qualsiasi.

«Non provarci. Conosco la situazione. Ti fermo prima che inizi a sparare qualche palla. Tu ormai credi di essere una star e con me volevi solo divertirti... con Bea la povera tassista, giusto?»

«No, io volevo soltanto...»

Le parole gli si smorzano in gola quando scorge un bagliore di luce riflessa sulla lama del coltello che ho estratto dallo zaino. Sono pronta. Voglio farlo adesso, davanti a lui. Voglio che guardi mentre mi taglio la gola e lo fisso dritto negli occhi. Esito un istante. Un ghigno deforme, malevolo, terrificante. Non ho più di fronte la stessa persona che ho conosciuto.

«Tu credi di farmi paura? Sei sicura di sapere sul serio chi sono io? E se avessi soltanto voluto proteggerti, per una volta nella mia vita? Non ci hai pensato? Devi stare lontana da me. Corri, scappa finché sei in tempo!»

Mi avvicino senza riflettere, lui non indietreggia. Forse aspetta la fine, di certo non un mio bacio appassionato. Il coltello cade a terra. Sono eccitata come non mi era mai successo. Vorrei essere sbattuta contro il muro e posseduta in mezzo alla strada. Sento la sua erezione massiccia crescere nei pantaloni eleganti. La tocco, la accarezzo con foga.

Mi blocca e mi sussurra nell'orecchio: «Non posso

presentarmi in diretta con i pantaloni bagnati. Io. Tu non sei stata invitata, giusto?»

Mi afferra per un braccio e mi rivolta, in modo tale che lo senta con tutta la sua prepotenza alle mie spalle. Comincia a toccarmi, sempre più a fondo. Lo cerco e si ritrae. Sono immobile, non posso che ansimare e gemere, incastrata fra lui e il muro. La sua presa affonda nella carne e fa male, ma non importa. Non posso né voglio provare a sottrarmi. Sono sua, lo sono sempre stata. Mentre sto per raggiungere il culmine mi è tutto chiaro, come non lo è mai stato.

Sento cedere le gambe, vorrei urlare di piacere, quando mi scosta e mi gira come fossi una trottola. Mi trovo a guardarlo di nuovo negli occhi, afferro la sua mano e la lecco, con avidità. Il cuore martella in un orecchio, mi sento come se fossi scesa in profondità, come quando mi immergo sott'acqua al mare. Percepisco allentarsi la morsa, ma resto appoggiata al muro grigio.

Avrei tante cose da dire, vorrei saltare, avvinghiarlo e non lasciarlo più. Indietreggio senza perdere il contatto visivo. Ha un'espressione che non riesco a decifrare. Ho la sensazione che sia combattuto. Io voglio essere il suo diavolo tentatore.

Torno da dove sono venuta. Ho la sensazione che mi sbloccherà il telefono.

Capitolo Sedicesimo

La fine o l'inizio?

Marco Bordoni
Gabriele mi ha fissato una partecipazione in diretta alla trasmissione *Iceberg* di Telelombardia. Mio padre trascorreva ore e ore davanti a *Qui studio a voi stadio*, per seguire il suo adorato Milan ai tempi di Capello e degli olandesi, la squadra che lo faceva sognare. Sembrava felice quando guardava le partite, prima dell'avvento di Tele+. Avevamo un vecchio televisore a tubo catodico, schermo grigio e i lati di finto legno. Bastava ruotare di pochi millimetri una rotellina per riuscire in qualche modo a intercettare il segnale. Certo, i giocatori risultavano in una sorta di negativo, ma era un espediente che gli consentiva di seguire *i ragazzi*, così li chiamava, e distrarsi per qualche ora dal prendersela con noi. Per fortuna, in quegli anni, erano più le occasioni in cui il Milan vinceva perché, se capitava il contrario, noi ce ne accorgevamo subito. D'altra parte, la sua vita è sempre stata una questione di priorità. In effetti, lo è un po' per tutti. E per lui erano la bottiglia, la cinghia e Dio, in rigoroso ordine d'importanza, subito dopo il Milan.

Non avevo idea di dove fossero gli studi, così ho chiesto alla mamma, con Google Maps davanti.

«Ah, ho capito dove sono!»

«Ne so quanto prima... come ci arrivo?»

«Potresti andare a Lotto e prendere il ponte della Ghisolfa. Appena scendi dall'altra parte, fai in pratica il giro dell'isolato e sei là.»

Con l'indice tozzo indica una linea, come se fosse semplice per me tradurla in pratica.

«E con i mezzi? Aspetta che controllo sul sito dell'ATM.»

Partendo da Bisceglie dovrei arrivare a Cadorna, prendere il passante e scendere in Bovisa.

«Come faccio a sapere quali treni vanno bene?»

«Ci sarà scritto, credo che sia come in Centrale.»

«E poi, per il ritorno? Non mi hanno detto quanto ci vuole per le registrazioni. Se faccio tardi?»

«Allora vai in macchina, scusa. Puoi usare il navigatore, ora che sei passato nel secolo giusto.»

«Sentila, fa anche la spiritosa...»

Dall'incontro con mio fratello, lei è un'altra persona. Non mi è mai piaciuta la storia del figliol prodigo, anche perché io so di essere quello invidioso.

Non ho voglia di restare bloccato nel traffico, ma il navigatore segnala strade percorribili, così mi convinco.

Inizia a fare meno freddo e opto perciò per un abito scuro con un cappotto lungo nero, anche perché la mamma si è subito premurata che non rischi di beccarmi un raffreddore.

Tutto sommato, temevo peggio. Non trovo troppi rallentamenti, se escludo l'immissione dallo stradone che da San Siro si immette su piazzale Lotto, la stessa stradina che dà sul Mc Donald's dove Bea aveva accostato la prima volta che l'ho incontrata. Per fortuna, come mia abitudine, sono partito da casa con largo anticipo.

Mentre cerco di divincolarmi senza tamponare le altre macchine, ripenso a quel nostro primo incontro. Dal sedile posteriore mi sono sporto senza pensare ad altro che all'articolo di cui mi aveva accennato. Ero curioso, un sentimento che di solito mi è estraneo. Senza quasi rendermene conto, mi sono soffermato sul suo seno enorme, mentre sentivo crescere una libidine prorompente, fino alla necessità di afferrarla. Quando lei se n'è accorta, mi sono sentito in imbarazzo come non mai. Ancora di più di quella volta in cui cambiai il cartellino dei pantaloni sportivi alla *Decathlon*, sulla Vigevanese, per ottenere uno sconto non previsto. Peccato che una guardia giurata in borghese mi beccò e mi chiese di seguirlo in uno stanzino dietro le casse. Alla fine raggiunsi un accordo: lasciai quelli con cui avevo armeggiato e pagai regolarmente un altro paio già in saldo, per evitare ulteriori conseguenze.

Ritorno al presente con la strombazzata di un fuoristrada alle mie spalle. La fretta congenita di ogni milanese.

Giunto a destinazione, preferisco lasciare la macchina al parcheggio davanti alla stazione, con ampia disponibilità di posti vista l'ora preserale, e fare due passi a piedi.

All'angolo della strada che devo imboccare, noto una casa occupata da cui proviene un rimbombo ininterrotto. Davanti vi stazionano due ragazzi con le mani in tasca, con pantaloni di diverse taglie più grandi. Mi osservano in silenzio. Io fingo indifferenza e loro non sembrano interessati a me. La zona è desolata, campi abbandonati a destra e a sinistra, neanche si ha la sensazione di essere a Milano.

Arrivo a passo spedito all'indirizzo indicato e sto per entrare, quando mi viene incontro una figura che non avevo notato. Ci ho messo un attimo a capire di avere di fronte Beatrice. Quando vedo il riflesso provocato da una lama, non riesco a trattenere un sorriso liberatorio. Penso che sia giunta la mia ora ed è forse giusto così. Non volevo prenderla in giro, magari i miei timori sono scaturiti anche dall'idea che lei possa essere un po' come me.

«Tu credi di farmi paura? Sei sicura di sapere sul serio chi sono io? E se avessi soltanto voluto proteggerti, per una volta nella mia vita? Non ci hai pensato? Devi stare lontana da me. Corri, scappa finché sei in tempo!»

Non è la verità, o almeno non lo è del tutto, ne sono consapevole. Non recitiamo tutti, in fondo, una parte? Si avvicina col coltello proteso. Non mi ci vorrebbe molto a strapparglielo di mano per usarlo contro di lei. Realizzo in una frazione di secondo che se ci vedesse qualcuno risulterebbe persino legittima difesa, benché non immediata da dimostrare. Si tratterebbe comunque dell'ultimo dei miei problemi.

E invece lei inizia a baciarmi con una passione che mi spiazza. Non riesco a contenermi. La prendo e la sbatto contro il muro. Vorrei possederla qui dove siamo, ma non posso, devo pur sempre andare in onda tra poco e un alone sul cavallo dei pantaloni non sarebbe il massimo.

Avverto che lei lo vuole e le infilo le dita dentro.

La vedo contorcersi dal piacere. Quando sono certo che abbia concluso, la giro di nuovo verso di me. Ci fissiamo negli occhi e lei tira a sé la mano con cui l'ho toccata, mi lecca con avidità le dita. Non sono mai stato così eccitato in vita mia, ma... devo andare.

Lei indietreggia e mi sorride. Sa che la prima cosa che farò sarà sbloccare il suo numero.

Il sudore gocciola lungo la schiena. Mi auguro che non ci siano ritardi ai controlli. Ormai i piantoni degli studi televisivi non sbagliano più il mio cognome, come prima accadeva quasi sempre. Domando del bagno, dove mi precipito appena mi consegnano il badge da ospite, lasciando in attesa la hostess che mi accompagna.

Mi ci vuole un attimo per concludere, con la stessa mano che pochi minuti fa ha fatto il suo dovere. Devo calmarmi. Tiro lo sciacquone e appoggio la fronte al muro, tirando dei respiri profondi. Sento la tensione sciogliersi, il battito che ritorna regolare. Lascio scorrere l'acqua a lungo sui polsi, mi sciacquo il viso. Tolgo la giaccia per assicurarmi che non siano visibili macchie di sudore. No, per fortuna non si nota nulla. Mi tornano in mente i giorni in cui ero un consulente finanziario. Avevo sempre un alone sotto le ascelle, qualcosa che credevo facesse ormai parte di me.

Sblocco Bea e comincio a digitare un messaggio. Lo cancello, poi lo riscrivo daccapo. Mi sembra stupido e lo elimino di nuovo. Rimango con la tastiera aperta, ma senza idee.

Stai scoprendo il periodo dell'adolescenza che, mi sembra di capire, tu abbia saltato, nascendo direttamente ottantenne. Stai ripartendo dal via.

Quando apro la porta, percepisco impazienza da parte dell'hostess, che passeggia nervosa avanti e indietro. Non vorrei non aver tenuto conto del tempo passato, dovevo prendermi per forza un momento per me.

Mi accompagna dal conduttore, Marco Oliva, un quarantacinquenne brizzolato, parlantina a mitraglia. Pare contrariato del ritardo, ma non m'interessa.

Avrei bisogno di chiudermi in una stanza, al buio, e riflettere. Quali conseguenze ci saranno? Bea avrà capito chi sono? Posso fidarmi di lei?

Non voglio sperare in tanta fortuna e non mi faccio perciò illusioni, ma sarebbe l'epilogo perfetto per la tua carriera.

Per tutta la serata mi sento ansioso, impacciato, lento. Fatico a prestare attenzione alle domande che mi vengono rivolte, al punto che Oliva, il conduttore, in più di un'occasione, deve ripetermele.

Durante una pubblicità, mi si avvicina un assistente di studio: «Si sente bene? Ha bisogno di qualcosa?».

«La ringrazio. In effetti non sto bene, temo di avere la febbre.»

Richiama l'attenzione del presentatore e concordiamo di concludere col prossimo blocco il mio intervento, in modo da liberarmi.

Poco prima di tornare in onda, realizzo di sentirmi libero per la prima volta. Come se mi fossi tolto un peso che mi stava schiacciando. E se Bea mi avesse capito e riconosciuto? Sarebbe mai possibile? È troppo scontato? Non lo so, ma voglio scoprirlo.

Appena vedo spegnersi la luce rossa della telecamera per la striscia pubblicitaria, mi alzo ed esco più velocemente possibile. Consegno il badge all'uscita con il telefono già in mano per comporre il suo numero.

«Ehi...»

«Ti stavo aspettando. Com'è andata?»

«Non credo benissimo, ma non m'interessa. Voglio sapere cos'è successo prima.»

«Dimmelo tu.»

«Ho visto nei tuoi occhi una luce pericolosa, so quello che volevi fare. Cosa ti ha fatto cambiare idea?»

«Magari ho sbagliato di nuovo, ma ho avuto la sensazione che qualcuno non volesse più abbandonarmi e volesse prendersi cura di me. Be', non l'avrei mai immaginato. Sono aperta alle sorprese. Ho davvero sbagliato di molto? Dai, perché non vieni da me? Non credere di cavartela così, con la sveltina di prima. Sai cosa voglio. Non l'ho mai desiderato tanto.»

Facevo bene a non illudermi. Mi sembrava un po' troppo coinvolta.

«Ho la macchina in Bovisa. Arrivo.»

«Sì, l'ho vista quando me ne sono andata. Vedi di non metterci una vita...»

Non faccio in tempo a mettere giù che ricevo una telefonata da Gabriele.

«Cosa pensi di fare?»

«Scusa, di cosa parli?»

«Forse non mi sono spiegato a sufficienza. Tu non puoi fare figure come quella a cui ho appena assistito. Io ho una reputazione da difendere. Sai quanto gliene frega alle persone della tua storia? Ti seguono perché sono io a deciderlo. Ti piace la vita che stai facendo, il denaro che gira, le scopate matte? Bene, il mio mondo funziona così e anche di più, ma non dimenticare mai che resta mio.»

So cosa ti sta passando per la testa, ma il fatto che

ti tratti come un pupazzo non è un motivo valido per ucciderlo. Non puoi negare che è andata bene anche a te, è stata una tua scelta.

«No, allora sono io a non essermi spiegato. Non sono tuo, non sono una macchina a cui basta schiacciare un bottone affinché risponda. I soldi li fai anche grazie a me, non dimenticarlo tu.»

«Li farei in ogni caso, pirla.»

Il termine più usato da mio padre, *pirla*. Ne aveva per tutti.

«Va bene, direi che a questo punto possiamo chiudere qui la conversazione. Non mi piace la piega che ha preso e ho ricevuto il tuo chiaro messaggio. Avresti potuto chiedermi se mi fosse successo qualcosa, preoccuparti di me, dato che nelle precedenti occasioni non c'è mai stato nulla su cui recriminare, mi pare. Invece...»

«Ti sei giocato il bonus. Che non accada più.»

Stacco il cervello, non ho più voglia di pensare.

Chiamo Bea tra Inganni e Bisceglie. Lei non risponde. Sto per rifare il numero, ma, appena supero l'incrocio del Beccaria, ricevo un messaggio: *Mi sto facendo bella per te. Non suonare, sali direttamente, ti lascio la porta aperta. Non farmi attendere troppo che sono già calda.*

Pigio sull'acceleratore come non ho mai fatto. Mi sta uscendo dai pantaloni. Non penso più ad altro, tanto da dover inchiodare in prossimità dell'autovelox del vialone di Parri. Ho rischiato di tirare dritto senza rendermene conto.

Capitolo Diciassettesimo

Una luce in fondo al tunnel

Bea la tassista

Sono felice, una parola che credo di non aver mai usato. Non volevo uccidere Marco, sebbene lui lo avrà creduto. La mia reale intenzione era di farla finita guardandolo negli occhi. Non ho avuto paura né ombre di esitazione. La mamma, quand'ero piccola, diceva sempre che per suicidarsi ci vuole coraggio. Mi ha sempre colpita questa frase, non so se corrisponde al vero oppure no.

La ragione del mio repentino ripensamento è che ho riconosciuto in Marco molto più di ciò che ha detto. Quel ghigno, più che le sue parole, mi ha aperto gli occhi. Non è una vittima del sistema. O forse sì? Non m'interessa, non voglio chiedergli niente. Mi sono fatta la mia idea e tanto mi basta. Non so se sarò l'unica della sua vita e quanto potrà durare tra noi, e non voglio nemmeno pensarci.

Rientrata a casa, mi sono infilata sotto la doccia, mi sono depilata con la lametta la mia zona più intima per fare prima, anche se poi quando cresceranno i peli mi daranno fastidio sfregando contro le mutandine, e ho infine acceso la televisione su Telelombardia. Marco ora sta parlando e sembra confuso, persino distratto. Ritengo di sapere il motivo, ma preferisco aspettare senza farmi illusioni. Troppe volte sono stata sicura del mio istinto che alla fine, invece, mi ha tradita.

Sono al telefono con lui quando termina lo stacco pubblicitario. Al rientro, l'ospite in studio è già cambiato. Forse stavolta non ho sbagliato, ma meglio attendere ancora prima di cantare vittoria. Adesso voglio vivermela senza le solite paturnie, e vedere poi cosa accadrà.

Conto i minuti, lo immagino passare davanti alla casa occupata e spero che nessuno gli dia fastidio. Chiudo gli occhi e lo vedo già al volante della sua Corsa.

Squilla il telefono, ma non rispondo. È lui. Molto meglio un messaggio che gli faccia crescere l'eccitazione, la voglia di arrivare più in fretta possibile. Non riesco più ad aspettare. Avverto un formicolio in mezzo alle gambe da quando mi ha sbattuta contro il muro, come se le sue dita fossero ancora lì, dentro e fuori, senza trovare alcuna resistenza.

Lascio socchiusa la porta d'ingresso, mi sistemo sotto le lenzuola e attendo, finché percepisco il cigolio dei cardini.

«Ce ne hai messo di tempo. Stavo quasi per cambiare idea.»

«Non è una passeggiata guidare quando ce l'hai in tiro, te l'assicuro. Uhm, mi sa che non perderemo troppo tempo con i preliminari...»

«Mi sembra che quelli li abbiamo già abbondantemente superati. Dai, voglio sentirti dentro...»

Non è stato come nelle altre occasioni, anche se avevo già percepito, in passato, una sorta di simbiosi perfetta. Non che prima non mi avesse fatta godere, non posso proprio dire questo, ma stavolta è stato tutto diverso. Sapeva esattamente dove prendermi e come. Volevo essere dominata, perdere ogni controllo, qualsiasi forma d'inibizione. Mi ha sussurrato parole indecenti che mi hanno acceso il desiderio di essere picchiata, sul seno, sul culo, in faccia. Era già successo, ma ha abbandonato ogni freno. Mi ha afferrata senza paura di farmi male, consapevole del mio piacere. Ho compreso che anche lui, per la prima volta, si sentiva libero di essere ciò che è davvero. Mi ha penetrata stringendomi la gola. Anche i nostri occhi hanno fatto l'amore, travolti dalla passione. Non ho avuto timore di soffocare, ero sicura di lui, anche se ho avuto la sensazione che non lo avesse mai sperimentato prima.

Ora dorme accanto a me, nudo. Sono andata in bagno a sciacquarmi e l'ho trovato così, con la bocca aperta e un mezzo sorriso stampato in faccia. Gli ho tirato su la coperta e sono rimasta a guardarlo. La cicatrice è meno arrossata dell'ultima volta. I margini sono ancora molto profondi. Passo l'indice sulla sua pelle spessa e ruvida, con i contorni irregolari. Mi ritraggo quando si sposta di pochi centimetri, come per trovare una posizione migliore, mentre continua a dormire beato. Riprendo da dove ho interrotto, seguendo una linea senza una fine apparente.

Mi accoccolo sul suo petto e mi lascio cullare dal respiro cadenzato. Non ho sonno, voglio godermi ancora il momento, gustare queste sensazioni per me così nuove e intense.

Vorrei svegliarlo per ricominciare, così inizio a toccarlo e sento subito il suo pene che riprende vigore. Gli salgo a cavalcioni. Sono così eccitata che farei persino da sola, senza il suo contributo.

Apre gli occhi, mi sorride e sussurra: «Non ne hai avuto ancora abbastanza? Be', una sveglia migliore non poteva capitarmi».

Mi alzo presto e preparo la colazione. I caloriferi sono al minimo e la mattina l'aria è ancora frizzante. L'angolo cottura è separato dalla stanza da letto da una piccola anticamera. Cerco di fare il possibile per non svegliarlo. Mi piace l'idea di fargli trovare tutto pronto. Adoro quando inizia a diffondersi l'odore del caffè, fatto rigorosamente con la macchinetta, benché mi renda conto di non conoscere molto i suoi gusti. Non so quasi niente di lui, ma mi basta lo stesso. Non m'interessa, non voglio rischiare di rovinare tutto con domande e dubbi, con la mia naturale incapacità di vivere il presente. Ho lavorato tanto su me stessa, sebbene senza grandi risultati. Però ci ho provato, senza sconti.

Sono seduta sullo sgabello davanti ai fornelli e penso che, solo poche ore fa, ero sul punto di farla finita. Ero convinta che non sarebbe stato difficile passare la lama sulla gola, da parte a parte, facendo schizzare il mio sangue addosso a Marco come una responsabilità indelebile. Volevo punire lui per punire tutti quelli da cui sono stata usata. Un'amante buona solo per mettere in pratica le perversioni più recondite, la troia disinibita, per poi tornare dalla propria moglie, dalla fidanzata prossima al matrimonio o da chissà chi. Col piccolo dettaglio che io non ne sapevo mai nulla.

Sono immersa nelle mie riflessioni quando mi sento avvolgere da un abbraccio caldo, rassicurante.

Sento gli occhi inumidirsi. Non è da me, o forse sì. Non voglio rimuginarci sopra. Non mi era capitato prima di poter essere me stessa, esattamente per quella che sono.

«Non sappiamo molto l'uno dell'altra, ma sento di doverti una spiegazione per aver bloccato il tuo numero.»

Mi volto e gli poso l'indice della mano destra sulla bocca. «Non dire nulla, non serve. Ora sei qui e mi basta questo. Non voglio promesse che magari non potrai mantenere, né sapere cosa ti è successo davvero. Avrai avuto le tue ragioni. Voglio solo provare a vivere la nostra storia. È così bella e non voglio rischiare di rovinarla.»

Mi bacia. Poi scosta il mio braccio con un gesto delicato, deve aggiungere qualcosa. «Come preferisci. Questi ultimi mesi sono stati per me una vera follia, sono entrato in un vortice che non saprei nemmeno descriverti. Non avrei mai immaginato che potesse accadermi qualcosa di simile. Io sono sempre stato molto chiuso, introverso. La prima relazione, ad esempio, l'ho avuta a trentasette anni. Vivo ancora con mia madre, ma sembra che da quando sono stato in televisione io sia diventato una specie di calamita per le donne, le stesse che fino a qualche tempo fa non mi degnavano neppure di un minimo sguardo.»

«Da questo punto di vista, a me non è successo lo stesso. Cioè, avevo letto l'articolo sul giornale, sì, ma non m'interessavi per la fama. Mi piaceva conoscere Marco. Non è un rimprovero, soltanto una riflessione.»

Scopro che non beve il caffè puro, «troppo amaro» dice, preferisce cappuccino con biscotti.

«Ora devo andare, mia madre mi attende e non vorrei farla stare in pensiero. Mi avrà visto ieri sera e non le sarà sfuggito che non mi sentissi sereno. Ti chiamerò presto. Le cose che hai detto mi hanno colpito molto. E ciò che sta avvenendo tra noi non me l'aspettavo. Voglio che tu sappia che da quando sei entrata nella mia vita non sei mai andata via, anche se ho provato a rimanerti lontano.»

Inizia a rivestirsi. Peccato, io non vorrei che uscisse da quella porta. Però sono una stronza quando mi ci metto d'impegno. Perciò mi sdraio sul letto senza niente addosso e lo provoco senza alcun pudore.

«Eh, ma così non si fa! Ti ho detto che devo andare...»

«E chi ti dice niente? Va' pure. A me non fa né caldo né freddo. Be', forse un po' caldo, non trovi...?»

«Com'era quella cosa delle tentazioni?»

«Tipo che l'unico modo per resistere è cedere?»

Non gli ci vuole molto per cambiare idea e ricominciare.

Capitolo Diciottesimo

La catechista e l'animatore

Marco Bordoni
Esco da casa di Bea.

Tu sei sicuro di riuscire a gestire la cosa? Non vedo cosa sia cambiato rispetto al tuo passo indietro. Non hai più paura che possa saltare fuori la tua parte oscura e incontrollabile?

Non lo so. Vuoi sentirmi dire questo? Non ho motivo per farle del male.

E con Paola? Lei cosa ti aveva fatto? Ti è bastato un sospetto. Eri proprio certo che lei ti avesse scoperto?

Era tutto diverso, tu non puoi capire. Nessuno può.

Mi ci vuole un attimo per ricordare dove ho parcheggiato la macchina ieri sera. Con la mente percorro al contrario il tragitto e mi rendo conto di averla lasciata davanti alla libreria di quartiere. Una signora con i capelli bianchi sta sistemando la vetrina. Mi soffermo, incuriosito, e vedo che ha in mano il libro dello scrittore che ho conosciuto da Costanzo, che passerà sabato prossimo per una presentazione. Sarei curioso di ascoltarlo, anche se sono consapevole che sia meglio evitare ogni possibile coinvolgimento. Non ne abbiamo parlato di persona, mi pare d'aver capito dalle sue interviste che abiti a Monzoro. Alla rotonda prima del Viridea di Cusago, invece di andare dritto, è la frazione sulla destra. Lo so perché la mamma ogni tanto mi chiede di accompagnarla là, al Viridea, per acquistare qualche nuova pianta da mettere sul terrazzo. Anche se poi, come sempre, finiscono appassite e lei ci resta male. Tutte le volte che andiamo io faccio caso al cartello di Monzoro, e mi sono spesso domandato dove si trovi. Così ho deciso di verificare su Google Maps. Ho anche scoperto che Beatrice D'Este, la moglie di Ludovico il Moro, si era occupata di riportare ai vecchi fasti il castello, ormai abbandonato da secoli. Mi rendo conto di quanto io sia rimasto fuori dal mondo, pensando che un posto del genere ce l'ho a due passi da casa e non ne conoscevo nemmeno l'esistenza.

Nonostante gli ultimi giorni siano stati piuttosto convulsi, mi sono ritagliato il tempo di ritrovare una vecchia conoscenza, che mi è tornata in mente quando ho rivisto Giulia: Davide l'animatore. Il figlio di Marianna, la mia catechista. Ho così pensato di allargare i miei orizzonti.

Come dimenticare quella stronza malefica tutta casa e chiesa, lingua biforcuta sempre pronta a sparlare di chiunque, a cui la mamma si era rivolta per chiedere un aiuto.

Sento ancora la sua voce, le parole che ci disse in vista della prima confessione, a proposito del comandamento «Non nominare il nome di Dio invano»: «Bambini, la bestemmia è una delle cose più gravi che possano esistere. Quando ne sentite una, recitate subito un Padre Nostro, così che non arrivi in cielo e faccia soffrire il Signore».

Per quante volte papà tirava in ballo la sacra famiglia e tutto il parentado, io avrei dovuto passare la giornata a recitare rosari.

Lei, la Marianna, ci teneva ad apparire devota. Non smetteva di parlare del suo stretto legame con Gesù, rammaricandosi di non riuscire ad andare tutti i giorni a messa come avrebbe invece voluto. A Gesù si rivolgeva in tutti i momenti di difficoltà o in quelli in cui sentiva vacillare la propria fede.

Peccato che quando la mamma si rivolse a lei per essere accolta e sostenuta, le rispose con disprezzo. «Cosa mi stai dicendo?! Vuoi lasciarlo? Il matrimonio è sacro. Come puoi anche solo ipotizzare una cosa del genere? Tu ti sei sposata davanti a nostro Signore!»

«Lo so, credi che non lo sappia? Mio marito è violento con me e con Marco.»

«Benedetta donna, in nessun caso si può violare il vincolo siglato al cospetto dell'Onnipotente! Non osi uomo dividere ciò che Dio unisce, è un impegno preso!»

«Io ti sto chiedendo aiuto, e non lo farei mai se non fosse una situazione molto grave, di reale pericolo.»

«Mi dispiace, ma, anche volendo, non saprei come fare.»

«Dovrei parlarne direttamente a padre Mario, allora, anche se non sono tanto in confidenza con lui. Marco mi dice che è gentile.»

«Fai come ritieni più opportuno, io te lo sconsiglio. Cosa potrebbe fare per te?»

«Non lo so, magari potrebbe indicarmi un rifugio, un posto dove andare. Non ho un lavoro e ho due bambini piccoli...»

«Appunto! Ti rendi conto anche tu che l'unica soluzione è mantenere in piedi la famiglia. Dopotutto, il sacrificio ci viene richiesto nelle sacre scritture.»

Io ero dietro la porta a vetri della nostra aula e sentii ogni parola, pure quelle che riportò all'altra catechista in presenza di un gruppo di mamme. Loro erano nel corridoio principale, io in quello che conduceva verso la chiesa, perché padre Mario mi aveva chiesto di portare un foglio nel suo ufficio.

«Voi non potete immaginare cosa mi ha detto la mamma di Marco. Vuole mollare suo marito perché lo accusa di essere violento. Che poi lo conosciamo tutte, viene sempre a messa, frequenta da quand'era ragazzino... che sarà mai? Io quelle che fanno le vittime e che scoprono all'improvviso con chi vivono non le sopporto proprio.»

Avrei voluto uscire allo scoperto e gridarle che non poteva parlare in quel modo della mia mamma, ma restai in silenzio, al buio. Ero soltanto un bambino.

Sembra che tu provenga dall'oscurità dell'inferno. Mi chiedo come hai fatto a trattenere tutto questo dolore senza impazzire prima.

Ho scoperto senza grosse difficoltà che Marianna oggi si dedica al volontariato in un'associazione con sede in Santa Sofia, a due passi da Sant'Ambrogio. Si occupa della distribuzione di aiuti alimentari a persone indigenti, valutando le reali esigenze di chi presenta la richiesta. Su Facebook non perde occasione per condividere con vari video la sua generosità, è un'altra a cui piace apparire. Io so bene chi è veramente, è passato tanto tempo, ma le persone come lei non cambiano. Senza contare che mi ha dato lo spunto per confezionare un'idea che ha solleticato la mia creatività. Ho preso la metro da Bisceglie, usando un biglietto singolo, e sono sceso a Cadorna, dove mi sono appostato, dopo aver fatto le scale, tra la linea verde e la rossa. So che per rientrare a casa lei dovrà passare davanti a me, in una maniera o nell'altra. È l'orario di punta e spero che ciò non infici il mio piano. Per non lasciare niente al caso, ho preferito fissare con lei un appuntamento per oggi, che ho poi disdetto mentre ero in metropolitana.

«Buongiorno, mi chiamo Stefano Re. Vorrei capire un po' come funziona il vostro servizio. Ho letto un articolo che parla di voi, vorrei saperne qualcosa in più perché una mia vicina di casa fa fatica ad arrivare a fine mese e mi piacerebbe darle una mano. Lei non chiederebbe mai aiuto, da sola.»

«Noi riceviamo forniture da grandi aziende alimentari o dalle collette che i nostri volontari tengono in vari supermercati in giro per la città. Io mi occupo di accogliere e valutare i casi che ci vengono segnalati perché, sa, purtroppo c'è anche chi se ne approfitta e non possiamo permetterci di togliere a chi ha davvero bisogno.»

«È giusto. Potrei accompagnare di persona la signora di cui le ho raccontato? La conosco da quand'ero bambino, mi ha praticamente cresciuto insieme a mia madre.»

«Certo, ben volentieri. Mi fa molto piacere sentire che esiste ancora qualcuno che si ricorda delle persone anziane.»

«Potremmo venire all'ultimo orario disponibile, così da non dover chiedere un permesso al lavoro?»

«Io chiudo alle 17,30. Le va bene per le 17 di mercoledì della prossima settimana?»

«Sarebbe l'ideale, la ringrazio. Sa, la nonna Ginetta è ormai sola da tanti anni.»

«Ah, mi dispiace. Vedova?»

«No, ha cacciato di casa il marito violento.»

Silenzio. Sapevo a cosa stava pensando. Mi ha liquidato con due parole di circostanza e immagino che avrebbe trovato un pretesto qualunque per negare il sostegno. Per fortuna non ce ne sarebbe stato bisogno sul serio.

Quando arriva un treno, la fiumana di gente che attraversa da una linea all'altra è imponente. Non posso permettermi distrazioni. Nel dubbio tengo d'occhio l'accesso esterno, perché potrebbe sempre decidere di fare un pezzo a piedi o prendere la 94, ma ne dubito. Ho fatto un conto a spanne e dovrebbe avere una settantina d'anni ormai. Di conseguenza, intuisco che rimarrebbe in coda al gruppo di chi corre per prendere la prima coincidenza.

La vedo, con i suoi occhiali sproporzionati rispetto al viso, ancora più robusta di quanto sembrasse dalle foto, e il passo trascinato. Lasciandole poco margine di vantaggio, la tallono con la mia divisa d'ordinanza: cappello calato sul viso, scaldacollo, guanti, nessun segno di riconoscimento. Le stazioni della metro sono tra i posti più sorvegliati della città.

Scende le scale aggrappandosi con il braccio al corrimano, un gradino alla volta. La supero e la aspetto sulla banchina. Si sta fermando il Rho-Fiera Milano. In pochi secondi una massa di gente scende, altrettanta sale. Marianna si posiziona al centro, trafelata. Per fortuna non segue la buona norma di salire dalla testa o dalla coda. L'attesa è di tre minuti, quelli sufficienti affinché lo spazio vitale si restringa, con centinaia di persone accalcate in attesa.

La voce registrata annuncia, senza alcuna inflessione: «Treno in arrivo per Bisceglie, allontanarsi dalla linea gialla di sicurezza». Vedo il macchinista da lontano, è il momento. Mi sposto quanto basta per urtare e far perdere l'equilibrio alla mia vittima designata. Nella calca nessuno si accorge di quanto sta accadendo finché è troppo tardi. Il freno d'emergenza non potrà contrastare l'inevitabile destino. Sento delle urla quando sono già in direzione della verde per completare l'opera.

Ho letto un articolo nel quale si diceva che quando qualche squilibrato spinge volontariamente qualcuno sulle rotaie l'attenzione è rivolta tutta verso la vittima e l'aggressore è libero di dileguarsi senza che nessuno ne noti la presenza. È accaduto in diverse occasioni e, salvo il caso di una spinta plateale, i responsabili sono stati identificati solo grazie alle indagini partite dalle telecamere a circuito chiuso. Si tratta di una dinamica confermata dai fatti.

Davide, il figlio di Marianna, organizza eventi. Ho visto alcuni suoi video nei quali sembra parlare come un guru, come se per una festa indimenticabile a Milano non si potesse fare a meno di lui. Mi è bastato far partire il primo video per riconoscere il suo tono di voce, come una spina conficcata nel cervello che ha ripreso a pulsare.

Ho studiato a lungo le sue mosse prima di mettermi in azione e sono giunto alla conclusione che il posto migliore per trovarlo sia sui Navigli, perché è lì che realizza di solito le sue dirette. Ritengo che non sarà complicato avvicinarlo, molto di più portare a compimento il mio intento. Devo solo sperare che nessuno lo avvisi per tempo di quanto accaduto alla madre, ma sono abbastanza convinto che il riconoscimento della donna non sarà tanto immediato.

Per completare a dovere l'opera ho fatto alcune ricerche sull'ispettore Lupatelli. Dopo la registrazione del programma televisivo, l'ho sottoposto a una sorta di test: gli ho dato la certezza di essere stato in errore e la possibilità di rimediare, mettendo però a rischio la sua carriera. E lui non ha sfruttato l'opportunità ricevuta.

Lo hai preso per le palle e, in ogni caso, non puoi sapere quali potranno essere le sue prossime mosse. E poi, non ti sembra di essere tu, adesso, a volerti sostituire a Dio?

Fa male sapere che il tuo galoppino ti ha tradito in modo consapevole? In fondo, nemmeno tu che fai la morale a me hai seguito le regole. O sbaglio? E se avessi fallito anche nel valutare il tuo braccio destro?

Ho scoperto di un portiere con il suo cognome, uno che si presentò al Chievo indossando la maglia numero dieci. Non ci è voluto molto per trovare su internet una replica, procedere all'ordine a nome della mamma, con una carta virtuale, e iniziare quindi a confezionare un messaggio di quelli impossibili da ignorare.

Sono pronto: scendo in Porta Genova e inforco gli occhiali da sole, che in metropolitana avrebbero attirato l'attenzione.

È stato più semplice del previsto identificare i luoghi prediletti da Davide in Darsena, così come lungo i due rami del Naviglio Pavese e del Grande, ma ho preferito dirigermi verso il ponte che oltrepassa il canale in direzione della periferia.

Ho dato un'occhiata alla mappatura di eventuali telecamere e mi sono fatto uno schema mentale preciso delle azioni da compiere, per la mia personale sfida contro chi ha distrutto la memoria dell'unica persona che sia stata in grado di riconoscermi. Prima di Bea, anche se adesso sta cercando di fottermi il cervello con la sua fastidiosa vocina.

Ancora con questa storia?! Adesso hai bisogno di trovare degli alibi per quello che fai? Ti stai divertendo, ci stai prendendo gusto. Sarà la tua rovina, te lo auguro. La storiella che vuoi ristabilire la mia memoria raccontala a qualcun altro. La verità è una sola: per una volta riesci bene in qualcosa e vuoi dimostrare, prima di tutto a te stesso, di valere, di poter sfidare il sistema che ti ha sempre rifiutato e di vincere. Ti regalo un'anticipazione: non ce la farai. Perché non puoi, nessuno può.

Sai che potresti avere ragione, ma pure sbagliare allo stesso tempo?

Il mio vecchio animatore di riferimento è un tipo piuttosto metodico, oltre a essere molto attivo sui social. Potrei puntare la sveglia e sapere esattamente dove trovarlo.

Sarà fondamentale cogliere il momento perfetto per far arrivare il messaggio, forte e chiaro. Sono stato molto attento durante il percorso, inclinando la testa in maniera che nessuna eventuale webcam potesse inquadrarmi il volto, fino a raggiungere il parco Baden-Powell – che ho scoperto essere il papà degli scout – che parte da un piccolo bar sotto uno slargo che costeggia il Naviglio: è una delle location preferite da cui condivide la maggior parte delle sue iniziative.

Sono seduto su una panchina, in attesa. Come ho previsto, lo vedo arrivare col telefono in mano.

Si avvicina e posso sentire la sua voce: «...vi aspetto questa sera per uno degli eventi più esclusivi, come ormai sapete alla perfezione, una garanzia di...»

È il momento. Gli sfilo alle spalle andando nella direzione opposta alla sua, in modo che si distinguano bene il nome e il numero sulla maglietta grigia che indosso. Alzo lo scaldacollo fino al naso prima di voltarmi di scatto e far scorrere la lama, come ho imparato ormai a fare con una certa dimestichezza.

Lascio cadere il coltello e mi dirigo a passo sostenuto, senza correre, nei vicoli che conducono verso Romolo. Passo davanti a un cantiere ormai deserto, visto che inizia a fare buio, senza allentare lo stato d'allerta. Non c'era nessuno nei dintorni prima che passassi all'azione. Per alcuni giorni mi sono appostato per identificare un punto meno trafficato degli altri. Non potevo avere alcuna certezza, soltanto la speranza che tutto filasse come mi ero prefissato.

Ho lasciato sulla panchina uno zainetto in cui avevo messo un giubbotto. Lo infilo proprio davanti alla palazzina in costruzione, liberandomi di guanti, occhiali e cappello. Cambio anche le scarpe, tolgo le Adidas e infilo le Puma.

Sono rimasto affascinato dalla storia dei due fratelli che avevano fondato un'azienda di scarpe, le cui strade si separarono dopo la guerra per via delle simpatie filonaziste di uno dei due, Adolf Dassler. Un genio, a suo modo: fu il primo a capire che per praticare sport fosse indispensabile avere ai piedi strumenti adatti. Insieme al fratello Rudolf, fornì gratuitamente le scarpette che permisero a Jesse Owens di vincere quattro ori alle olimpiadi di Berlino, davanti a un Hitler schiumante di rabbia. Ma poi, per una questione di convenienza, aderì al partito nazista e non ebbe più a che fare col fratello, che aprì un'altra azienda. Alla finale dei Mondiali subito dopo la fine della guerra, le due squadre indossarono le scarpe dei due fratelli, ormai nemici giurati. Ho sempre pensato che Hitler abbia rappresentato nella storia il male assoluto.

Da che pulpito. Hai appena ucciso due persone cazzo! Ormai ho perso il conto del totale...

Un omicidio in diretta Instagram quante visualizzazioni potrebbe fare? Soprattutto, quanto ci metterà Lupatelli a perdere la ragione? Devo ammettere che sto cominciando a prenderci gusto. L'idea di far scontare i rispettivi peccati a madre e figlio in un colpo solo è stata geniale.

Io sarò lì quando ti prenderanno. E starò con te dietro le sbarre, quando resterai in isolamento. Saremo solo io e te.

Mi chiedo soltanto se il tuo fidato braccio destro riuscirà a collegare i due omicidi. Tu che dici?

Adesso ti diverti un mondo, vero? Hai smesso di provare emozioni da tempo, ormai. Come tutte le cose, però, prima o poi finirà.

Capitolo Diciannovesimo

Lupatelli, non il portiere

Ispettore Lupatelli
Che fottuto bastardo! Chi indosserebbe la maglia di un portiere di una ventina d'anni fa per commettere un omicidio, in diretta Instagram, sui Navigli a Milano? E ora come me ne esco? Il dubbio era soltanto come lo avrebbe fatto, non se avrebbe alzato il tiro. Quello era certo. Tuttavia, non mi sarei aspettato niente del genere. Ha le palle, non c'è che dire. Sono morti davanti alle telecamere madre e figlio, con modalità del tutto diverse. Non ci voleva un genio per collegare i fatti.

Devo parlare con Francesca, ho bisogno della sua razionalità. Esco dal commissariato per fare due passi. Non mi abituerò mai ai cantieri della M4, rendono tutto così artificiale, non sembra neppure di essere a Milano. Prima o poi finiranno i lavori, anche se ormai sembra tutto immobile da tempo.

«Cosa c'è? Sono giorni che ti vedo nervoso, preoccupato. Vuoi parlarne? Aspetto sempre che sia tu a chiedere, anche se stavolta sono tentata d'infrangere questa regola non scritta fra noi.»

«Sono nei casini.»

«C'entra sempre la storia di Barzagli?»

«Se tu sapessi d'aver sbagliato e potessi persino rimediare, salvando anche delle vite, rischiando allo stesso tempo di compromettere tutta la tua carriera, cosa faresti? Non è la certezza di perdere il lavoro che mi spaventa. O meglio, non solo questo.»

«Ok, ho capito. Non mi stai domandando quale sia la cosa giusta da fare, perché in fondo, o in astratto, si sa sempre quale sarebbe. Io posso dirti di non preoccuparti troppo dei sensi di colpa, del giusto e dello sbagliato. Il mio consiglio è di seguire la tua strada senza dimenticare mai quello che l'ispettore Barzagli ha fatto per te e per noi quando ha scoperto ciò di cui ti eri macchiato per aiutare mio padre.»

Resto in silenzio, devo elaborare le informazioni. «Non so se queste cose possono andare insieme.»

«Sei una brava persona. Ricorda sempre, però, la fatica che hai fatto per arrivare dove sei, con pieno merito. Nessuno ti ha mai regalato nulla. Sì, so che ti porti dietro le scelte del passato, ma è così per tutti. Devi capire quale sia per te la priorità e su questo impostare il resto. Mi rendo conto che non è semplice, che ti trovi di fronte a un bivio, ma ricorda sempre che io credo in te.»

«Mi ha convocato il grande capo.»

«Be', non è la prima volta e non sarà neanche l'ultima. Hai dimostrato di sapergli tenere testa e sono sicura che lo farai pure stavolta. Ti amo. Lo sai, vero?»

«Idem.»

Il giochino di *Ghost* sarebbe forse da considerare superato, ma lei è una fan sfegatata del film che rivediamo insieme almeno una volta all'anno, nel periodo di Natale. Una specie di rito che abbiamo e che, tutto sommato, è meglio non cambiare.

Sono combattuto. Sono davvero una brava persona? Ho sempre creduto di sì, adesso non lo so più.

Rientro dalla porta a vetri, saluto i colleghi e mi preparo mentalmente. Ho cercato di prendere tempo con la scusa di un'urgenza che sto seguendo, ma il commissario Guarini è tutt'altro che stupido. Preferisco salire a piedi fino al suo ufficio. Busso.

«La stavo aspettando. Si accomodi.»

Mi siedo cercando di ostentare quanta più naturalezza possibile. Sento la schiena che comincia a sudare, devo controllarmi.

«Mi dica. Immagino che sappia perché l'ho convocata. Un omicidio con le modalità che ormai abbiamo imparato a riconoscere, con un messaggio piuttosto diretto, preceduto da quello fatto passare per accidentale a Cadorna della madre della vittima. Non ho mai creduto alle coincidenze. Mi ricordi perché dobbiamo escludere Bordoni.»

«Non dimentichi che abbiamo indagato a fondo su di lui senza trovare niente di niente. Adesso è diventato un personaggio televisivo, immagino che guadagni bene... perché dovrebbe mettere in piedi un simile teatrino? Ho fatto subito analizzare le immagini frame per frame di entrambi i delitti. La scientifica non è riuscita a rilevare alcun elemento utile alle indagini. Il travisamento era perfetto. Ho controllato anche le telecamere lungo il percorso. Si vede l'assassino arrivare con la testa bassa, uscire fuori inquadratura dentro al parco fino al minuto esatto dell'omicidio, tagliare da via Argelati con estrema naturalezza per poi sparire del tutto. A me pare un professionista. Mi sono fatto l'idea che il riferimento esplicito a me possa dipendere dalla mia partecipazione al confronto televisivo proprio con Bordoni. Sapevamo che mi sarei esposto parecchio. Non lo faccio uno così spregiudicato da mandare un messaggio tanto diretto, attirando su di sé la nostra attenzione.»

«Ispettore, forse non sono stato chiaro. Lei deve poter escludere con certezza che si tratti di Bordoni. Non mi frega un cazzo che fa la vittima una sera sì e l'altra pure a reti unificate, o che abbiamo fatto una figura di merda distruggendo la memoria, prima ancora che di uno stimato collega, di un amico.»

«Certo, non escludo nulla. Tornerò a parlare con la madre, con lui, verificherò i suoi movimenti e le farò rapporto.»

Mi alzo per congedarmi, ma il commissario mi fa un cenno inequivocabile con la mano. Torno a sedermi.

«Mi sono informato anch'io. Ci sono stati gli omicidi al Parco Sempione di un noto avvocato praticamente in pensione e della consulente finanziaria di Corsico, per cui abbiamo ancora un fascicolo aperto. Ho letto i verbali. Nel primo caso i colleghi non hanno trovato nulla, fatta eccezione per queste. Le dicono niente?»

Raccoglie un plico bianco posizionato alla sua destra, lo apre e distribuisce sulla scrivania varie foto di un uomo con la stessa tenuta d'ordinanza dell'assassino che abbiamo imparato a conoscere: cappellino, scaldacollo e scarpe. Tutto coincide.

«Non avrei dubbi in proposito, so che pure queste immagini sono state passate al vaglio senza arrivare a niente.»

«Esatto. Passando al caso di questa Edvige Scano, alcuni testimoni hanno riferito di una leggera zoppia dell'assassino mentre si allontanava in fretta dal luogo del delitto. Bordoni era uscito da poche settimane dall'ospedale e ricordo che lei ha interrogato la fisioterapista, che ha però escluso che lui fosse nelle condizioni di camminare a passo sostenuto, tanto meno di correre. Ho riletto la trascrizione delle dichiarazioni rilasciate da Alessia Paiani, che sembrano in effetti chiudere il discorso.»

Fa una pausa, chiude gli occhi e raccoglie le mani a coprire il volto, prima d'iniziare a scuoterlo in modo quasi impercettibile e, via via, sempre più deciso.

«Lo convochi. Voglio parlarci io stavolta, assieme a lei.»

Per un istante ho temuto che volesse verificare di persona la deposizione della Paiani, la fisioterapista, quella da me falsificata, poiché in realtà io non ho mai ascoltato la donna. L'ho fatto per prendere tempo, improvvisando, subito dopo che avevo capito di essere con le spalle al muro. Ma anche questa richiesta, visto il messaggio così esplicito e diretto, non sembra condurre a niente di buono.

La verità è che Barzagli se l'è meritato. Non faceva altro che sfruttarci tutti, trattandoci come ragazzini. Lui e il suo cazzo di intuito. Sono andato troppo oltre per poter tornare sui miei passi. So che posso farcela. Intanto devo apparire disposto a eseguire gli ordini, poi troverò una soluzione.

«Vuole che prima raccolga qualche ulteriore testimonianza o lo porto in commissariato?»

«Nessuno ci autorizzerà a verificare il conto corrente, ma voglio avere più informazioni possibili su di lui. Ricordo che non aveva un cellulare, ma anche se nel frattempo ne avesse preso uno non potremmo accedere nemmeno a quello. Ci accuserebbero di accanimento. No, non parlare con la madre, verifica se per caso ha qualche relazione stabile. Con discrezione, però. Non voglio nella maniera più assoluta che qualcuno possa metterlo sull'avviso, visto che siamo già nell'occhio del ciclone. Soltanto come persona informata dei fatti, affinché sia costretto a presentarsi e non vada a piangere dalla stampa. Dopotutto, tu ti sei già scusato in diretta.»

Mi frulla in mente un'idea con cui potrei chiudere i giochi per sempre e uscirne anche pulito.

Torno di corsa nel mio ufficio, recupero dalla cassettiera la SIM di una partita sequestrata di cellulari clonati. Ne tengo sempre una scorta per il lavoro sporco. Era così che lo chiamava Barzagli, benché lui fosse contrario. Lo sbirro tutto d'un pezzo con un solo scheletro nell'armadio, per parare il culo a me. Scendo di nuovo, stavolta avverto che ho degli accertamenti urgenti da compiere, richiesti dal commissario, e mi precipito in macchina. Esco dalla città, so con precisione dove sono diretto. Una volta arrivato, parcheggio e mi dirigo alla panchina da cui posso vedere la finestra della sua stanza. Non mi dispiace il parchetto di via Fermi, sul lato di Corsico. Spero che lui sia in casa.

Non ho impiegato molto a scovare il suo numero e preferisco giocare a carte scoperte.

«Bordoni, mi riconosci?»

«Mi stavo giusto chiedendo quale sarebbe stata la sua prossima mossa. Audace. Forse non così spontanea, in fondo, magari il messaggio l'ha spronata un po'. Mi sbaglio?»

«Affacciati alla finestra.»

Attendo alcuni secondi in ascolto. Poi vedo muoversi la tenda e noto una sagoma che ho imparato a conoscere.

«Non te l'aspettavi, vero? Sì, così non è come guardarsi negli occhi, ma mi accontento. Chiacchiere e giochini li lasciamo da parte, ok? Dimmi cosa vuoi e vediamo se riusciamo a trovare un accordo adatto a entrambi.»

«Mi sembra un po' la gara a chi ce l'ha più lungo. Visto che siamo ormai quasi intimi, propongo di passare al tu. Quello che voglio è semplice: dimostrare che razza di uomo sei. Tu sai, ma preferisci fingere il contrario pur di non finire nei guai. Potresti fermare un assassino e consenti che a prevalere siano i tuoi interessi personali? Non vali un dito di Barzagli, che ha invece messo a rischio tutto pur di risolvere il caso.»

«Vuoi un applauso? Tu cosa ne sai, squilibrato di merda? A Cesano ho visto gli intestini di quel professore appesi allo stendino. E credi di poter venir qui a farmi la morale?»

«Oh, oh, oh... ci stiamo innervosendo! Proprio perché hai visto, sei comunque disposto a girarti dall'altra parte?»

«Tu chi pensi di essere, il giustiziere *de noantri*? Che io ricordi, eri un inutile sfigato, non ti filava nessuno, adesso sei diventato una celebrità...»

«Per questo non posso che ringraziare te.»

«D'accordo, finiamola qua. Il commissario Guarini vuole convocarti. Pensi di raccontare tutto e costituirti? Secondo me, non è questo che vuoi.»

«Non togliermi il gusto di mantenere un po' di suspense.»

Attacca. Vorrei scagliare il cellulare lontano, urlare con tutto il fiato che ho in corpo. Non posso. Devo ragionare. Continuo a fissarlo, non voglio interrompere il contatto visivo con lui. Forse ha ragione, ormai è una specie di gara. Non saprei dire chi potrà spuntarla, alla fine. Ciò che so è che il momento di chiudere i conti arriverà. Non manca molto.

Capitolo Ventesimo

Nuove frontiere

Bea la tassista

Non pensavo di poter raggiungere un'intesa del genere. Non è soltanto del gran sesso, che comunque non guasta. Mi ha fatto provare sensazioni nuove, che non credevo di poter scoprire. E sì che non ho mai posto limiti, mi è sempre piaciuto sperimentare, mi sono sempre concessa fino in fondo, esaudendo ogni fantasia. Spesso anche le perversioni. Pensavo che il mio modo di fare potesse legare a me i miei partner, convinta ogni volta che sarebbe stato quello giusto.

L'unico ad avermi rispettata era stato quello che di lì a pochi mesi sarebbe stato descritto come il leader spirituale di un gruppo di satanisti. Avevo una cotta per Ozzy, ma non volevo rovinare tutto dicendogli quello che sentivo. Eravamo dei ragazzini, come sempre ci ritrovavamo al Parco Sempione, il luogo d'incontro per definizione di noi metallari vestiti di nero, con una simbologia che richiamava l'Anticristo. Era il nostro angolo dopo il Midnight e la fiera di Senigallia, quand'era ancora in Darsena. Non ci volevamo confondere con nessun altro, bastavamo a noi stessi.

Ozzy era seduto su una panchina con la sua canna d'ordinanza, io ero alle sue spalle. Il cuore batteva nelle orecchie quando decisi di raccogliere tutto il coraggio possibile: provai a baciarlo. Lui mi fermò indietreggiando fino a cadere quasi di lato, un istante prima che le nostre labbra si sfiorassero.

«Cosa fai? Io sto con Samantha e cazzate non ne faccio. E poi ti voglio bene, non mi va di prenderti per il culo...»

Non potevo essere io a rivelargli che quella troia della sua ragazza se la faceva con tutti a sua insaputa. Lo avrei ferito e lui non lo meritava.

Ricordo come fosse adesso. Corsi via in lacrime. Sapevo già che mi avrebbe rifiutata, era stato soltanto un tentativo disperato, ma faceva lo stesso tanto male. Senza contare il senso di colpa.

Lui mi rincorse e mi afferrò dopo pochi metri. Mi strinse forte da dietro, era molto più alto di me. Accarezzandomi i capelli cercò di rassicurarmi.

«Calmati, non è successo niente. Tu per me sei molto importante. Da quanto tempo ci conosciamo? Sei una di famiglia e non voglio fare stronzate, tutto qua. Non credere che tu non mi piaccia. Se fossi libero non ci penserei un attimo.»

Ebbi l'istinto fortissimo di voltarmi e tentare di nuovo di baciarlo, avvertivo il suo alito dolciastro, ma sapevo che non l'avrebbe presa bene. Quando diceva una cosa, era quella.

Ironia della sorte, fu arrestato proprio per l'omicidio di Samantha, incastrato da un presunto testimone oculare in cerca solo dell'opportunità di scaricare le sue responsabilità per ottenere sconti di pena, senza preoccuparsi di niente e di nessuno. Io ero l'unica che avrebbe potuto tirarlo fuori dai guai, ma non ne ebbi la forza o, forse, il coraggio.

Negli ultimi giorni Marco mi è apparso strano, distaccato. Non posso dire di conoscerlo a fondo, anche se ormai ci frequentiamo da un paio di mesi e, in un certo modo, viviamo insieme. Non ne abbiamo parlato in modo chiaro, ma dorme quasi sempre da me, porta ogni volta qualche indumento nuovo. Credo che per lui non sia semplice, ci sta arrivando in maniera graduale e non voglio forzarlo. Vorrei proporgli un weekend da qualche parte, per affrontare in un contesto più rilassato gli argomenti da cui sembra sfuggire.

Non racconta mai di se stesso e ogni tanto lo vedo con lo sguardo perso nel vuoto. Vorrei fargli delle domande, sapere cosa gli passa per la testa, ma non voglio costringerlo solo per soddisfare le mie curiosità.

La sera ci accoccoliamo sempre sotto la coperta e faccio partire Netflix. Le prime notti che abbiamo trascorso insieme mi ha accusata di volerlo provocare.

«Aspetta, in che senso?»

«Cosa? Qual è il problema?»

«Non parlerei di problema, ma... cosa stai facendo?»

«Mi sto preparando per venire a letto.»

«Ho capito, ma sei nuda.»

«Sì, sono più comoda così. Adoro sentire le lenzuola pulite sul corpo, senza gli elastici che mi stringono già tutto il giorno.»

«Tu sei il diavolo. E come credi che un pover'uomo possa resistere?»

Ho riso per la montagnetta che sbucava senza lasciar spazio a fraintendimenti. Ci è voluto un po' prima di placare i bollenti spiriti e riuscire a guardare qualcosa insieme.

Lascia sempre scegliere me, mi sono fatta l'idea che gli piacciano molto di più le storie nere, cupe, dove non c'è speranza. Avevo un po' di timore, all'inizio, a condividere questa mia passione, che non è stata mai condivisa da nessuno. Sono sempre stata affascinata dalla capacità dei registi di scavare nell'animo umano. *Se7en* è sempre stato, per distacco, il mio film preferito. In assoluto. Da ciò che so, è stata la prima occasione nella quale si è data la parola al cattivo, arrivando alla conclusione che un po', tutto sommato, pur nella sua follia, avesse persino ragione. Marco non lo aveva mai visto e lo abbiamo guardato insieme ieri sera. Lo davano su Italia 1.

Alla fine è rimasto in silenzio a lungo.

«Insomma, come ti è sembrato?»

«Sto ripensando al dialogo fra i due detective, il vecchio che si arrende e il giovane che vuole continuare a crederci. Alle parole del serial killer quando dice che vediamo peccati capitali in ogni angolo, in ogni momento, e lo tolleriamo perché lo consideriamo comune. Mi piacerebbe rivederlo. Ritengo che sia vero. E sono d'accordo con lui. Questo fa di me un mostro?»

Ha sorriso, con amarezza. Mi sono abbandonata sul suo petto e l'ho stretto forte. Ho avuto la sensazione che fosse vulnerabile, per la prima volta nudo come mai lo è stato.

«Tu hai paura di essere un mostro?»

Non so perché mi è uscita una domanda del genere. Forse era lì da tanto tempo. Ho avuto l'istinto di chiedere scusa e rimangiarmela, ma la verità è che desideravo una risposta. Non mi sono mossa dalla mia posizione.

«Qualche volta ho paura delle mie reazioni. Ho una rabbia dentro che mi sembra di non poter contenere. Forse è qualcosa di diverso, non so nemmeno più se sono arrabbiato. Mi porto dietro qualcosa che faccio fatica a spiegare. Scusa, è difficile per me.»

«Non preoccuparti, va tutto bene. Ci siamo penetrati molto più adesso di quando facciamo l'amore.»

Prima di uscire, ha ricevuto una proposta come opinionista per *L'isola dei famosi*. Ha reagito male. Ero presente alla telefonata con Gabriele. Continuava a camminare avanti e indietro in camera da letto, gesticolando e alzando la voce.

«Ascolta, a me sembra di esser stato chiaro fin dalla prima volta. Non sono disposto a fare il pagliaccio.»

Mentre ascoltava, alzava il dito indice come se ce l'avesse di fronte.

«Fai un po' quello che ti pare. Stavolta non riuscirai a comprarmi, non sono in vendita. Va' a farti fottere!»

Ho preferito non fare domande. Lui mi ha dato un bacio sulla guancia ed è uscito sbattendo la porta. Ho incontrato Gabriele a una festa e non mi è piaciuto. Non ha smesso un attimo di fissarmi il culo e le tette, senza fare nulla per nasconderlo. Sarà abituato così, ma mi ha dato la sensazione di un essere viscido. Mi ha addirittura fatto una battuta spinta che ho finto di non cogliere. Marco l'ha guardato male e ci siamo allontanati verso il bar.

Sono preoccupata. Non l'ho mai visto così, neppure la sera in cui volevo farla finita.

Vado a fare la spesa. Ho bisogno di distrarmi, non voglio farmi sopraffare dai tarli che mi affollano il cervello.

Sono diretta verso i portici, quando incrocio davanti alla sua libreria la Tiziana. Mi sorride e m'invita a entrare.

«Bella, hai la faccia scura. Cosa succede?»

«Niente, non farci caso. Un po' di pensieri.»

«Non me la racconti giusta, tu. Ti va un buon caffè? Ho la macchinetta nuova, lo offro solo a persone selezionate!»

Lei è un'istituzione a Baggio, la conosco da sempre. Mi sono confidata con lei quando ho saputo la verità su Jean Claude. Anzi, è stata proprio lei a fermarmi e a offrimi la comprensione di cui sentivo il bisogno. Mi ci voleva proprio una pausa rilassante, nonostante la mente sia rimasta all'erta lo stesso, tutto il tempo. Come consuetudine, sono uscita con un nuovo libro in mano. Tiziana conosce ormai i miei gusti e mi ha tenuto da parte l'ultimo libro di Fabrizio Carcano, uno dei miei scrittori preferiti, dal titolo che più calzante non poteva essere: *In nome del male*.

Una volta in strada, sono combattuta se chiamare o no Marco. Non vorrei sortire l'effetto opposto. Mi piacerebbe stargli vicino, provare a rassicurarlo, fargli capire che ci sono e che può contare su di me. Sono brava ad ascoltare, e ho capito che per lui è difficile fidarsi di qualcuno e confidare i pensieri più profondi e intimi. Sono arrivata alla conclusione che non sia disposto ad aprirsi, ma mi auguro che prima o poi possa riuscirci. Non so se sarà mai così. Afferro il cellulare dalla borsa, scorro il registro delle chiamate, ma richiudo poco prima di far partire la telefonata. Ho una sensazione terribile. La verità è che ho paura di sbagliare, che possa capitare qualcosa di brutto e che io perda l'amore della mia vita.

Lui tornerà, lo so. Deve tornare.

Chiudere un cerchio

Marco Bordoni
La prima notizia di apertura del TG di Mentana. Non mi aspettavo un simile onore. Certo, non ne parlava in termini lusinghieri: «Orrore in pieno centro a Milano».

«Abbiamo deciso di non mandare in onda le immagini, di sicuro forti, che molti di voi avranno visto sui social o su alcuni organi d'informazione. Parliamoci chiaro, un omicidio di una tale efferatezza in diretta è un evento che di per sé sconvolge, ha un impatto emotivo devastante. Inevitabile pensare a fatti di cui ci siamo occupati nei mesi scorsi, che hanno avuto un clamore mediatico che abbiamo coperto per forza di cose. Adesso però una cosa dobbiamo dirla: non si può accettare di vivere nella paura di essere aggrediti senza un apparente motivo. E non possiamo fingere di non aver colto un messaggio esplicito alle forze dell'ordine, nei confronti di un elemento di spicco della polizia che, suo malgrado, è assurto agli onori delle cronache. Ci auguriamo davvero che il responsabile sia presto assicurato alla giustizia. Inutile sottolineare che la tensione e l'allerta in città sono massime.»

Per fortuna altre testate hanno deciso di cavalcare l'onda e così mi sono rivisto. Non mi interessava per una questione di narcisismo, almeno non soltanto. Volevo rendermi conto del reale rischio corso. E devo dire che la messinscena è stata perfetta, sono molto soddisfatto.

Fin dove ti vuoi spingere? Vuoi davvero solo sputtanare Lupatelli o la verità è che vuoi essere preso? Se fosse così, potresti farla molto più semplice.

Non immaginavo di poter trovare una simile sintonia con un altro essere umano, men che meno con una donna. Forse, se le cose fossero rimaste com'erano fino a poco tempo fa, avrei davvero potuto mollare tutto e chiudere la partita. Ora però c'è Bea, sento che non posso rinunciare alla sua presenza. Lei è così fragile e dolce, profonda, mi capisce senza bisogno di parlare. Non so se e quanto abbia compreso, ma sono convinto che abbia colto le mie ragioni e non mi ha mai fatto una domanda scomoda, un semplice accenno, niente di niente. Con Paola credevo d'aver trovato l'amore, ma non avendo un termine di paragone non potevo che formulare un'ipotesi. Adesso invece lo so, perché lo sento.

Adoro il sesso con lei perché posso perdere ogni freno, essere ciò che sono senza nessun controllo. Mi piace prenderla e possederla, darle della troia e vederla eccitarsi, cercare ogni occasione per stare insieme. Lo abbiamo fatto anche al parchetto sotto casa sua, in piena Baggio vecchia, di fronte alla biblioteca. Era quasi buio, faceva freddo, il legno della panchina era umido. Mi ha fissato con quei suoi occhi maliziosi, ha cominciato ad accarezzarmi sul cavallo, mi ha slacciato i pantaloni e si è seduta dandomi la schiena. Non mi sono posto il problema che potesse passare qualcuno, al di là dell'ora, nel centro di un quartiere fra i più popolosi di Milano. Aveva indossato una gonna ampia, ma non potevo sapere che non avesse infilato le mutandine. È sempre stata una delle mie principali fantasie sessuali, ma non l'ho mai condivisa con lei, mi pare. Ha iniziato a muoversi su di me e non è stato facile ritardare il mio desiderio. Avrei voluto gridare per quanto stavo godendo. Avevo perso ogni cognizione quando, all'improvviso, si è fermata. Non so come abbia fatto a tenere l'attenzione sull'ambiente circostante per accorgersi del passaggio di due anziani che si stavano tenendo per mano, chissà se per romanticismo o per sorreggersi a vicenda. A un certo punto avrei voluto alzarmi e spingerli oltre per quanto fossero lenti a togliersi di torno. Camminavano pianissimo, sembrava quasi che lo facessero apposta. Lei mi si è accostata all'orecchio.

«Non innervosirti, io ti sento dentro e continuo a godere. E tu?»

«Vuoi vedermi morto per una scopata, eh? Di' la verità!»

Si è mossa per abbracciarmi e sono venuto. Lei, tutt'altro che contrariata, ha ripreso da dove avevamo interrotto, mentre la coppia di anziani si era già allontanata abbastanza.

«Ora tocca a me.»

Ho pensato di organizzare un'altra cena di famiglia con mio fratello, Eleonora e Tania, per presentare a tutti Bea. Con Paola avevo avuto paura della reazione di mia madre, le avevo fatte incontrare più per costrizione, per dovere, che per piacere. Ora, però, è tutto diverso. Sento la possibilità di poter creare dei legami autentici, sinceri.

Sono stato a trovare Tania diverse volte, abbiamo giocato al parco dei Fontanili dietro casa sua, alle spalle del nuovo quartiere di via Mengoni, dove fino a pochi anni fa c'era una distesa di prato. Ho pensato che abbiamo vissuto a cinque minuti di distanza per tanti anni senza mai incrociarci. Chissà, magari è capitato di vederci senza che sapessimo niente l'uno dell'altra. Ormai sfreccia sui pattini come una vera professionista ed è felice di mostrarmi i suoi progressi. Non ha paura e quando mi chiama zio mi sento bene, mi scappa un sorriso che cerco però di dissimulare.

L'ho conquistata portandola al Forum al concerto di Emma, la sua cantante preferita. Luca era un po' scettico perché non ci conosciamo poi da molto tempo, ma non ho dovuto insistere a lungo. Ho preso due biglietti nel parterre, volevo che per lei diventasse un ricordo importante, di quelli che non si dimenticano.

Ho passato tutta la serata a osservarla mentre cantava a squarciagola, tentando di volta in volta di distogliere lo sguardo da un gruppo di fari intermittenti che puntavano proprio sulla mia faccia. Non è mi è sembrato corretto confidarle che quello della cantante non sarebbe mai stato il suo futuro, per quanto è stonata. Non mi aveva mai sfiorato l'idea di poter andare a un concerto, tanto meno in mezzo a ragazzine urlanti. Tania ha ritenuto necessario ragguagliarmi sulla carriera della biondina sul palco. Ho preferito fingere di sapere di cosa parlasse quando ha citato

Amici, non volevo perdere il ruolo di supereroe ai suoi occhi. Devo ammettere che il sound non mi è dispiaciuto affatto. La ragazza era decisamente rock, almeno per i miei canoni.

Non ho mai visto la mamma così serena.

Ci siamo allontanati ed era inevitabile che accadesse, ma in modo sano, senza rancori. Ha capito che prima o poi mi avrebbe dovuto lasciar andare, che sarei stato in grado di badare a me stesso. Ha provato in tutti i modi a proteggermi, a tenermi al sicuro sotto la campana di vetro, anche se non si può rinchiudere ciò che ho dentro.

«Ti sei trasferito dalla tua ragazza? Da quanto, ormai, non dormi più nel tuo letto?»

«Non lo so ancora, non è facile. Voglio prendermi del tempo per capire bene cosa voglio fare.»

«Ti riferisci a Beatrice o al lavoro in televisione?»

«Mi fa strano sentirla chiamare così, per me è solo Bea. Comunque un po' tutto, sento che quella sotto i riflettori non è la mia vita, sono orientato a trovare un'alternativa. In realtà potrei averla già, devo solo capire bene come uscirne senza problemi. Rispetto alla convivenza, di fatto è già tale, ma non l'abbiamo ancora ufficializzata, se vogliamo intenderla così.»

«Sono sicura che non avrai problemi a capire quale sia la scelta migliore. Sai che sei cambiato tanto da prima dell'incidente? Ormai sei sicuro di te, sai essere divertente, ironico. Sono tutte caratteristiche che erano soltanto offuscate da tutte le tue paure e insicurezze. E secondo me, Bea ha contribuito molto nel tirartele fuori. Oltre a quello che fai, è evidente.»

«Ammazza! Mi hai fatto una scansione approfondita, così posso risparmiare sull'analista.»

Ridiamo di gusto. Ci abbracciamo e restiamo stretti a lungo. Sentivo il bisogno del suo calore, che non è mai venuto meno neanche nei momenti più difficili. Se penso che appena qualche mese fa ero rientrato a casa per ucciderla, mi assale una sensazione strana.

Ieri sera avevamo appena finito di guardare *Se7en*, il film che mi ha ribaltato molto di più di quanto abbia dato a vedere a Bea, che lei mi ha fatto una domanda inattesa, a bruciapelo.

«Tu hai paura di essere un mostro?»

Ho risposto in modo più sincero di quanto io stesso mi sarei aspettato. Un po' come se a lei non potessi più nascondere la verità.

Bea ha replicato con dolcezza, con comprensione e profondità.

Avrei voluto ringraziarla, ma ho preferito abbandonarmi e chiudere gli occhi, come se mi fossi liberato da un peso.

La sveglia è stata più traumatica del solito. Ho abbondato con il caffè nel cappuccino.

Mi hanno convocato dall'ufficio del personale della finanziaria. Dopo la chiusura della malattia, ho concordato un periodo di aspettativa che sta per concludersi.

Sto per infilare le scarpe quando ricevo la telefonata di Gabriele.

«Sei seduto?»

Quando esordisce così, inizio a preoccuparmi.

«Vado di fretta, dimmi.»

«Ti ho proposto come opinionista della prossima edizione dell'*Isola*.»

«Di che cosa?»

«*L'isola dei famosi*, capisci? Per il 2020 pensano di allungare la durata del programma, ti darà una visibilità che nemmeno t'immagini! Cancella tutto quello che hai visto finora. Qui stiamo parlando di un colpo a tantissimi zeri. Per non parlare della figa che correrà dietro all'odore dei soldi...»

«Visto che sei così entusiasta, perché non ci vai tu?»

«Non ti seguo. Perché devi sempre avere queste reazioni? Io mi sto facendo il culo per te.»

«Ascolta, a me sembra di esser stato chiaro fin dalla prima volta. Non sono disposto a fare il pagliaccio.»

«Tu hai un vincolo con me. Non puoi sottrarti ai tuoi obblighi contrattuali. Ci vediamo domani a Cologno per firmare le carte. Non costringermi a tirare in mezzo gli avvocati, non sarebbe un bene per nessuno.»

Sapevo che l'avrebbe detto. È necessario risolvere il problema alla radice, non si può più rimandare.

«Fai un po' quello che ti pare. Stavolta non riuscirai a comprarmi, non sono in vendita. Va' a farti fottere!»

Esco salutando al volo Bea, sbatto la porta e, appena resto da solo in macchina, appoggio la testa sul volante per alcuni secondi. Devo sbollire, ma non posso arrivare in ritardo. Non ho nessuna intenzione di trasformarmi in un giullare di corte. Devo capire che margini ci sarebbero per un rientro al lavoro.

Per la prima volta non mi trovo a dover ripetere varie volte il mio cognome all'ingresso della Torre Allianz, il tesserino è già lì ad aspettarmi senza nemmeno dover aprire bocca. Mi accoglie una receptionist nuova, con un profumo molto intenso e un sorriso che ho imparato a riconoscere. Mi anticipa che all'incontro prenderà parte la direttrice dell'ufficio del personale e il nuovo amministratore delegato, che ha preso il posto del dottor Sinise.

La sala riunioni ha qualcosa di diverso dal solito, anche se non riesco ad afferrare cosa. Mi ci vuole un attimo per identificare le piante che penzolano dal soffitto, ciascuna illuminata da un faretto. Non mi dispiace questa svolta green.

«Dottor Bordoni, la stavamo aspettando! La trovo in ottima forma. Ho seguito le sue apparizioni televisive e non voglio nasconderle che in qualche misura anche la nostra realtà ne ha tratto giovamento. Dopo i fatti che nostro malgrado ci hanno visti protagonisti, il contraccolpo lo abbiamo accusato, inutile sostenere il contrario. Più di tutto, temevamo di perdere la fiducia dei nostri clienti più attenti all'aspetto della riservatezza, che per noi è sempre stato un *must*.»

Prima o poi arriverà al punto?

«Non voglio tediarla oltre. Come mi ha fatto presente la dottoressa D'Amore, a breve scadrà il periodo di aspettativa concordato. Saremmo davvero felici se decidesse di rientrare.»

«Sarebbe un piacere anche per me. Stavo giusto considerando di risolvere il vincolo con l'agente che cura i miei interessi.»

«Ottimo, direi.»

«Non avete pensato alla possibilità di riconoscermi un sostanziale aumento? Mi sembra evidente che il tornaconto di cui avete già goduto in maniera indiretta, col mio reintegro in azienda crescerebbe ulteriormente. Immagino che abbiate formulato un'adeguata proposta per me.»

«Mi piace il suo approccio. Abbiamo giusto ipotizzato un incremento della percentuale a suo beneficio.»

«Mi sembra un buon punto di partenza. Io mi attenderei, però, anche un aumento del fisso nell'ordine di almeno il 20% e del doppio rispetto al variabile.»

«Una richiesta piuttosto onerosa per noi, non crede?»

Decido di giocarmela. Se voglio mollare Gabriele non posso rischiare, è il momento giusto per battere il ferro. Non ce ne saranno altri.

«Sì, ma sono sicuro che lei sappia quanto beneficerebbe la finanziaria del mio apporto in termini di contratti e guadagni. E lei non sarebbe qui se non fosse così, giusto?»

Avvicina la sedia alla direttrice del personale e iniziano a confabulare fra loro, con l'accortezza di coprirsi la bocca con la mano. Gli occhi sono fissi su di me, nessuno dei due si aspettava un atteggiamento così deciso da parte mia. Potrei andarmene senza attendere una risposta che già conosco, anche se non sarebbe cortese.

Capitolo Ventiduesimo

Il ritardo

La fu tassista Bea
Ho deciso di vendere la licenza del taxi. Era di mio padre, prima dell'incidente che me lo ha portato via insieme alla mamma. Pioveva fortissimo quella notte, il giorno dopo avrei dovuto sostenere l'orale della maturità. Ero tanto concentrata sui libri che non avevo fatto caso all'orario. Erano andati fuori città per un cinquantesimo anniversario. Sarei andata anch'io se non fosse stato per il ripasso finale. Non mi ricordo dove fosse la festa, ma so esattamente dove sono stati travolti: all'ingresso in tangenziale Ovest dal raccordo della Torino-Venezia.

Papà era sempre stato prudente alla guida. Ogni volta che salivamo sul curvone cieco di immissione diceva che bisognava prestare attenzione, nonostante la precedenza, «perché ci sono dei matti in giro. E poi cosa dico sempre? Bisogna *fa bala l'oeucc*». Rideva ogni volta che ripeteva in milanese quell'espressione che lo rappresentava: tenere gli occhi ben aperti.

Ho sognato tante volte la scena. Ero in macchina con loro, dietro, al centro. Mi piaceva osservare papà mentre cambiava le marce, il suo modo di girare il volante in maniera così armoniosa. Il tergicristallo era al massimo della velocità, ma non a sufficienza per togliere ogni goccia dal parabrezza. Lui ha rallentato, ne sono sicura, ha cercato di controllare se sopraggiungesse qualcuno. Ho visto la sua testa girarsi. I fari nel buio, due puntini sbucati dall'oscurità. Il botto fortissimo, lo schianto contro il guardrail. I rimbalzi fra una lamiera e l'altra, fino a fermarsi e lasciare spazio al solo scroscio della pioggia. Il sangue, tanto. Io l'ho visto. Sono rimasta immobile, pietrificata. Ero lì anche quando sono arrivate le ambulanze: non c'era più nulla da fare. Lo sapevo, era chiaro. Mi sveglio sempre quando un vigile del fuoco dice: «Che cazzo di tempo».

Avevo appena preso il foglio rosa. A ogni fine turno di papà andavamo al parcheggio dell'Ikea a Corsico e lui m'insegnava a guidare con una pazienza infinita. Non so se io ne avrei avuta tanta. Ero una frana, continuavo a far spegnere il motore, mi incartavo con le marce. Lui non alzava mai la voce e mi rassicurava.

Adesso esco da viale Certosa e preferisco fare il giro da San Siro, pur di non passare da quel tratto. Ho paura di trovare i segni della carrozzeria nel punto in cui ha impattato. Chissà se possono esserci ancora.

Con la mamma avevo un buon rapporto, era sempre allegra, mi faceva ridere. Quand'ero bambina giocavamo spesso assieme, ma papà era il mio vero eroe. Era l'uomo perfetto, sempre pronto ad ascoltarmi per un brutto voto a scuola o quando il ragazzo di turno non mi degnava di uno sguardo. «Non sa cosa si perde» ripeteva. Ne era proprio convinto, non lo diceva per darmi un contentino. Per me si sarebbe buttato nel fuoco. Per la sua bambina. La sua vita si è conclusa dentro un ammasso di lamiere. Hanno preferito non farmelo vedere. Io ho pensato di essere morta con loro.

Non dimenticherò mai la telefonata della nonna mentre ero concentrata su *Uno, nessuno e centomila* di Pirandello, il mio autore preferito fino a quel momento. Non mi ero ancora convertita a Stephen King. Sono corsa in ospedale piangendo e urlando. Erano al San Carlo, non al pronto soccorso, direttamente nella camera mortuaria. Quello che restava di loro. Mi hanno bloccata tre lettighieri per non farmi entrare. Uno mi ha preso la faccia tra le mani, senza dire una parola. Siamo rimasti a fissarci non so per quanto tempo, è riuscito a calmarmi con grande fatica. Sono crollata su una sedia, sconvolta.

Alle otto di mattina ero a scuola, senza dire a nessuno quello che era successo, né che non avevo dormito tutta la notte. Era come se fossi caduta in una sorta di trance. Tirai fuori un'interrogazione perfetta, senza alcuna sbavatura. Mi fecero tutti i complimenti, finché non scoppiai davanti alla professoressa d'italiano. La abbracciai forte senza riuscire a fermare le lacrime, fino a quando persi i sensi. Mi risvegliai con lo stesso ragazzo della notte che mi diceva qualcosa, anche se non riuscivo a comprendere le sue parole. La professoressa mi teneva la mano e aveva gli occhi lucidi. Restai ricoverata qualche giorno, almeno ciò che restava di me.

Quando tornai a casa ero sola, niente aveva più un senso. Un giorno, non saprei dire dopo quanto, si presentò il migliore amico di papà. Era un collega, anche se si erano sempre considerati fratelli. Non gli ci volle molto per capire la situazione e si prese cura di me, senza bisogno di chiedere. Fu lui a decidere che avrei raccolto l'eredità di papà, il suo amato taxi, un modo per guadagnarmi da vivere oltre che per stare in mezzo alle persone. Disse che mi sarebbe piaciuto. Non mi sembrò il caso di smentirlo e di confessargli che la mia intenzione sarebbe stata quella d'iscrivermi a lettere. Avrei voluto diventare un'insegnante, scrivere libri, non sapevo ancora cosa con precisione. Erano solo sogni, ma all'improvviso mi ero trovata catapultata nell'età adulta. Non ero nemmeno capace di guidare. Fu lo zio Gianni a insegnarmi, come tante altre cose. Senza di lui mi sarei persa, non avrei più avuto uno scopo.

Un altro che si prese cura di me, a modo suo, fu Ozzy. C'era sempre per ascoltare i miei sfoghi, per far sbollire la rabbia. Mi sono fermata tante volte a dormire a casa sua. La signora Clara, con la sua immancabile sigaretta, mi chiamava *la me tusa*. Passavo ore seduta al tavolo della cucina con lei, quando il figlio lavorava. È stata la mia mamma fino a quella mattina di fine luglio del 2004, quando portarono via Ozzy all'alba mentre si preparava come ogni giorno per andare al banco del pesce alla Metro.

Io continuai per anni ad andare a trovarla. Una donna forte, battagliera. Un sabato ogni due andava in Centrale, prendeva il treno fino a Genova, un cambio per arrivare a Sanremo e taxi fino al carcere. Spesso, a causa di mancate coincidenze o ritardi, riusciva a vederlo per un'ora e non per due. «Signora, sono le regole» si sentiva ripetere.

Riuscii a ottenere il permesso anch'io, in quanto amica di famiglia. La via valle Armea si inerpicava in mezzo alla vegetazione fino ad aprirsi su un complesso imponente sotto una collina rigogliosa. Dopo aver lasciato il mio taxi contro un muraglione, seguii le indicazioni della signora Clara, che appena entrata in una sorta di guardiola lasciò una borsa con il cambio dei vestiti e un po' di spesa.

I detenuti potevano cucinare in cella con dei fornelletti da campo, se preferivano non mangiare nella mensa comune. Ozzy era detenuto in un braccio speciale, insieme a chi si era macchiato dei reati considerati peggiori e che avrebbero messo a repentaglio l'incolumità degli stessi criminali: pedofili, stupratori, assassini seriali. La legge dietro le sbarre poteva funzionare meglio di quella uguale per tutti, secondo alcuni.

L'incontro fu strano, in una stanzetta vigilata e piena di telecamere.

«Stai attenta a quello che dici, ci ascoltano sempre.»

«Sono qui per incontrare un amico, e questa cosa non cambierà mai.»

«Cos'hai provato quand'è scattata la porta di metallo e ci hanno chiusi dentro? Io ormai non ci faccio più caso, ma all'inizio la sentivo di continuo e mi trapanava il cervello.»

«Non mi ha fatto un'impressione particolare, ero concentrata su di te. Sono emozionata di rivederti.»

«Sai che quando il direttore mi ha chiesto se accettavo la tua visita e abbiamo parlato di te, ho pensato che forse avrei fatto meglio a non rifiutare quel famoso bacio?»

Non me l'aspettavo. Davanti a sua madre, per giunta. Mi sentii avvampare. Lui sembrava invece rilassato, quasi divertito.

«Non lo sapevo mica, non me l'hai mai detto! *Che se no te disevi mi de lasà quella là e stare con la me tusa*! E magari non saresti nemmeno finito qui dentro...»

«Mamma, tu conosci la verità. Non ho fatto ciò di cui mi hanno accusato. Adesso, però, possiamo rilassarci e goderci questo momento insieme?»

«Io posso pure lasciarvi soli. Se avessi saputo, me ne sarei rimasta proprio a casa. Metti che si riaccende la vecchia fiamma...»

Noi due scoppiammo a ridere, mentre la signora Clara restò inebetita poiché sapeva che non stava scherzando. Forse avevo più bisogno io di quell'incontro che lui. Non ci sono più andata, anche se so che gli avrebbe fatto piacere. La verità è che mi sentivo una merda, perché ormai non avrei più potuto fare nulla per aiutarlo. L'omicidio di Samantha era stato solo un pretesto per mettere in piedi un cinema senza senso, dietro al quale avevano costruito una montagna di accuse infondate, ma impossibili da smentire. Soltanto io avrei potuto cambiare le cose, avrei dovuto parlare e rivelare tutto quel che sapevo. Ho avuto paura. Ero terrorizzata. E l'ho lasciato marcire dietro le sbarre.

Poi ho cominciato a sentire meno anche la signora Clara. Mi sono comportata male con lei, ma ho capito che dovevo prendere le distanze. Forse è stata una forma di autodifesa, oppure chissà.

Sono preoccupata. Ho provato a chiamare Marco diverse volte, ma non mi ha mai risposto. Per come l'ho visto uscire di casa, temo che sia successo qualcosa di brutto. Non gli ho raccontato la storia dei miei, quindi non può sapere il motivo della mia apprensione.

Stasera dobbiamo andare a cena da sua madre, lui ci tiene a farmi conoscere lei, il fratello e la compagna, mentre Tania l'ho già vista varie volte al parco.

Non è da lui fare tardi.

Sento le chiavi nella toppa e mi precipito. Sono arrabbiata e non riesco a trattenermi dal dirglielo, anche se mi sembra giù come non l'ho mai visto.

«Scusa, avevo tolto il volume per il colloquio in ufficio e mi sono dimenticato di rimetterlo. Ho fatto un po' tardi perché le trattative si sono prolungate più di quanto mi aspettassi, poi ho incontrato Gabriele e gli ho dato il benservito. Ha fatto un po' di storie, voleva tirare in mezzo gli avvocati, ma sono stato categorico. Non sono attratto da soldi facili, luci, trucco, telecamere. Ho poche certezze nella vita, e la prima è che voglio stare con te.»

Gli sorrido e lo spingo via.

«Come ti viene di dire una cosa così? Non vedi che poi mi entra qualcosa in entrambi gli occhi che sembra che io stia piangendo? Non sono mai stata più felice di così! Avevo anche paura a ipotizzarla, la felicità. Da quando sei salito sul mio taxi ho capito che saresti stato tu!»

È tardi, anche se vorrei che questo momento non finisse mai. Vorrei comunicargli la mia decisione di vendere la licenza, raccontargli dei miei. Lo farò stanotte, è arrivato il tempo.

«Aspetta... oggi non eri vestito così.»

«Non ti sfugge niente, eh? Mi è uscito sangue dal

naso e mi sono macchiato la camicia e la giacca. Siccome sono passato in tintoria a ritirare il vestito pulito, ne ho approfittato per fare un cambio al volo.»

C'è un'altra cosa che devo dirgli, la più importante di tutte, ma dev'essere il momento perfetto. Lo bacio e lo stringo forte a me, voglio sentire il suo calore. La rabbia mi ha abbandonata. Non mi serve altro.

Marco non parla mai di sé, anche se ho sentito citare spesso la via Fermi. Mi ha raccontato di qualche disavventura con i figli dei vicini perché lui era il più piccolo del cortile, sempre senza scendere nei dettagli. Ho la sensazione che, quando ricorda, entri in una sorta di buio, cambia espressione e sembra triste. Mi ha detto che, quand'era bambino, attraversava la strada per buttare le cartacce per terra dal lato di Cesano Boscone, perché lui era di Corsico e si sentiva corsichese.

Appena varcato il cancello marrone ho la sensazione di esserci già stata attraverso i suoi occhi: il portico, il giardinetto con un pino enorme, la fila di box.

Non faccio in tempo a varcare la soglia che si presenta Eleonora. So già che andremo d'accordo, difficilmente sbaglio la prima impressione. Poi Luca. Tania, nel frattempo, è già saltata al collo di Marco e si sono fiondati in cameretta per vedere cosa lo zio ha pensato per lei.

La madre mi bacia e mi stringe forte al petto, con un sorriso radioso. «Ho bisogno di parlare con te. Non so cos'hai fatto a mio figlio, non l'ho mai visto così!»

«Secondo me il merito è tutto di una signorina che

sta di là con lui, comunque... la ringrazio dell'accoglienza, sono molto contenta anch'io.»

Casa. Questo posto, per me, è casa.

Non vedo l'ora di restare sola con Marco, sotto le coperte.

Ho un ritardo, domani farò il test. Voglio condividere ogni passaggio con lui.

Capitolo Ventitreesimo

Buio

Marco Bordoni

Vado alla dependance di Gabriele, so di trovarlo lì. È una sorta di pornodromo in mezzo ai campi fra Cusago e Trezzano. Un casolare mezzo cadente dove porta delle ragazze poco più che bambine a cui promette chissà quali opportunità nel mondo della televisione. La prima volta che me ne ha parlato, mi ha proposto di usufruirne anch'io.

«Mi sembra che tu non abbia difficoltà da questo punto di vista, ma se volessi farti un giro con chi preferisci non sarebbe un problema. Ho un archivio ben fornito. Non mi guardare così, prima di farle entrare in agenzia devo pur verificare le loro reali motivazioni...»

Con una sonora pacca sulla spalla e una risata sguaiata ha provato a uscire dall'imbarazzo che si era venuto a creare.

Ci andava tutti i giovedì pomeriggio, quando la moglie si concedeva una pausa al centro benessere, mentre la figlia Chanel, diceva di averla chiamata così in onore del suo idolo Totti, andava da sola a scuola di danza al teatro Carcano, facendo avanti e indietro da Crocetta. Mi sono sempre chiesto perché qualcuno mette al mondo i figli se poi preferisce farsi gli affari propri invece di occuparsene.

Dopo una mezz'ora, parcheggiato a poca distanza, nella via trasversale a quella sterrata che conduce al casolare, vedo uscire una ragazzina quasi in lacrime: la sensazione è che sia furiosa. Mentre si dirige verso una Panda gialla continua a sfregarsi le labbra, come a voler raschiare via il rossetto, che però resta al suo posto. Non ho paura che possa andarsene pure lui perché la sua regola è che le sue ospiti vengano e tornino in autonomia, proprio per eliminare qualsiasi possibilità che, anche in modo accidentale, qualcuno possa riconoscerlo.

La merda. Il problema non è farsi delle coetanee della figlia, ma essere visti e perdere la reputazione. O che la moglie glielo tagli. Lo so cosa stai per fare. Vuoi che ti dica che fai la cosa giusta? In ogni caso, non lo stai facendo perché t'indigna la situazione, ma solo perché non sai più come gestirlo. Sempre per te stesso. Adesso, però, sembra che tu inizi a cercare delle motivazioni concrete.

Basta! Hai rotto la minchia, te ne rendi conto? Non mi frega un cazzo di quello che pensi! Vuoi capirlo o no? Potresti smetterla di fottermi il cervello?

Urlo fino a sentire bruciare la gola. Non ce la faccio più a sentirmi dire cosa sarebbe giusto e cosa no. Che si fotta. Devo ritrovare la concentrazione.

Attendo un paio di minuti, tempo che la polvere sollevata dalla Panda si dissolva, e mi avvicino alla porta. Busso.

Non si aspettava la mia presenza, è contrariato.

«Cosa ci fai qua?! Non ricevo qui i miei assistiti, a maggior ragione se non invitati.»

Vattene, sei ancora in tempo.

«Passavo da queste parti e ho pensato di assicurarmi che non ci fossero problemi fra noi. Volevo chiuderla qui, in modo civile.»

«Tu hai qualche rotella fuori posto. Togliti dai coglioni e non farmi incazzare. Guarda un po' te, invece di essermi grato vuoi mollarmi. Con chi credi di avere a che fare, con un ragazzino? Ci sono in ballo contratti, diritti, ma soprattutto una cosa che a te sembrerà una cazzata ma non lo è affatto: la credibilità! Ti dice qualcosa?»

«Capisco il tuo punto di vista. Il problema è che tu non comprendi il mio. Te lo spiegherei, ma temo che sarebbe una perdita di tempo e sono già in ritardo, mi attendono per cena.»

Gli conficco nel petto il coltello che nascondevo dietro la schiena. Mi fissa con un'espressione incredula prima di crollare davanti alla porta. Devo aver colpito un'arteria, perché uno schizzo di sangue mi ha letteralmente inondato, finendo sulla camicia e sulla giacca. Un incidente che non ci voleva. Per fortuna ho un altro abito nel bagagliaio.

Trascino il corpo sul divano liso e chiudo la porta. Mi spoglio più velocemente che posso e da uno specchio opaco incrocio la cicatrice che mi solca l'addome. Non ho tempo da perdere. Devo agire.

Trovo l'immancabile accendino nella tasca del suo vestito e appicco il fuoco ai due braccioli. Mentre aspetto che si attizzi faccio lo stesso sulle vecchie tende impolverate. Esco e accosto la porta, ho sentito da qualche parte che l'ossigeno consente una migliore propagazione. Sono contrariato per la fine che farà il mio Hugo Boss preferito, che ho abbandonato su una poltrona, pensavo che fosse il vestito più adatto per il colloquio. In fondo, però, mi stava un po' largo. Raggiungo in mutande la macchina e mi rivesto.

Non vedo l'ora di riabbracciare Bea. Ho sentito i suoi squilli, ma non sono mai stato nelle condizioni di rispondere. Non vorrei che si sia preoccupata.

Salgo le scale di casa e mi assale il terrore di perdere tutto ciò che ho conquistato. Non penso di aver commesso errori, ma non sono abituato al bello della vita. Vorrei confidarle tutto, condividere ogni cosa con la ragazza per cui sento di poter persino cambiare, senza più la costrizione di reprimere sempre chi sono davvero.

Tania è felicissima per le ginocchiere e le gomitiere nuove che le ho regalato. Ormai sfreccia come un missile ed è meglio proteggerla un po'.

Devo domandare a mamma se ha una pila per il caschetto. Resto fermo davanti alla porta della cameretta, di nascosto, a osservare che ride, complice, con Bea. Mi viene da piangere, anche se so che è meglio evitare.

La cena trascorre tranquilla, è come se fossimo insieme da sempre. Beatrice conversa allegra e ridiamo insieme per gli aneddoti che mia madre ritiene di dover condividere con lei, per fortuna senza mettermi in eccessivo imbarazzo.

Siamo al dolce, la crostata ripiena di crema pasticcera, quando arriva una domanda che mi sorprende.

«Marco, ho bisogno di un favore. Dopo potresti passare dal bancomat e ritirare mille euro?»

«Eh?! Scusa, mamma, ti sembra il caso di parlarne in questo momento? E poi, cosa devi farci? Hai un appuntamento al casinò?»

Sorride divertita, dandomi una pacca sulla spalla.

«Cosa vai a pensare, stupido! Devo dare una rinfrescata alla casa e lo zio Franco mi ha chiesto quella cifra per il materiale.»

«Posso fargli un bonifico, mi sembra più comodo.»

«Quante storie. Sai che lui è un traffichino, me lo fa come favore personale e preferisce che non ce ne sia una traccia. Insomma, puoi farlo?»

Interviene Bea per cavarmi dall'impiccio: «Dai, andremo dopo cena e te li porteremo subito. Che male c'è?»

«Vi siete proprio trovate voi due, eh?»

L'atmosfera è molto rilassata, Bea è a suo agio. Va in cucina con la mamma per aiutarla a sparecchiare.

«Fratellone, dove la tenevi nascosta?»

«Da nessuna parte, ci conosciamo da poco, tutto sommato. In effetti, abbiamo un sacco di cose in comune.»

«Vi vedo molto complici e sono davvero contento per te.»

Non mi attendevo un complimento del genere da Luca. Sono sempre stato abituato ad ammirare le sue conquiste, certo non il contrario. Si inserisce pure Eleonora.

«Ho fatto caso a come ti guarda. Si vede che è pazza di te, anche per come ride a ogni tua battuta. Dammi retta, io me ne intendo.»

Scendiamo in ascensore con Tania in braccio. Nonostante abbia dieci anni, anzi quasi undici, come tiene sempre a sottolineare, è una coccolona e a me fa piacere.

«Zio, domani ci troviamo al parco per provare il tuo regalo, va bene?»

«Signorina, non ti sembra di fare un po' troppe richieste al tuo zio preferito?»

Abbassa la testa e in un attimo gli occhi si inumidiscono.

«Ehi, tu, fammi subito un sorriso. Domani pomeriggio siamo liberi, sì, anche Bea potrebbe finire il turno e raggiungerci. Cosa ne dici?»

«Sììì!»

Siamo in macchina, tempo di girare l'angolo e apro la portiera per scendere. Bea mi trattiene per un braccio. Mi sorride e mi bacia.

«Sbrigati, oggi mi sei mancato un sacco. Ho tante cose da dirti... e da farti!»

Ho posteggiato di traverso, con le ruote posteriori sulle strisce, prestando attenzione a non occupare la carreggiata. Tanto si tratta di pochi minuti.

Controllo il PIN che mi ha scritto la mamma su WhatsApp e inizio a digitare. Esce la notifica che è finita la carta per gli scontrini e il display mi chiede se voglio procedere lo stesso. Di solito non lo prendo, ma stavolta avrei preferito avere una traccia. Non vedo comunque alternative. Picchietto con le dita di fianco alla tastiera, ci mette una vita. Finalmente eroga i soldi e posso uscire. Affretto il passo, già pregusto la serata con la mia Bea.

Un'ombra sfila alle mie spalle, mi scanso per lasciarla passare.

Cosa...? Il corrimano è pieno di macchioline nere.

Mi porto le mani alla gola e si riempiono di sangue. Non respiro.

Buio.

Capitolo Ventiquattresimo

In the end

Ispettore Lupatelli

Davanti a me ho una ragazza distrutta. Beatrice Crivellante, la compagna di Bordoni. È disperata, non riesce a farsi una ragione della scena di cui è stata inerme spettatrice.

«Le ripeto che non lo so! È successo tutto così in fretta. Lui è sceso e l'ho visto entrare in banca. Io ho preso il telefono dalla borsa e ho dato un'occhiata ai messaggi, non mi ricordo, forse ho aperto Instagram. Saranno trascorsi cinque minuti, non ci ho fatto caso. Quando ho guardato verso il bancomat, sembrava vuoto. Così ho tolto le chiavi dall'accensione, ho chiuso la macchina con le quattro frecce inserite e mi sono avvicinata. Quando ero a pochi metri dalla porta a vetri ho visto sbucare una scarpa e mi sono messa a correre. L'ho trovato con la gola tagliata, c'era sangue dappertutto.»

«Le faccio vedere alcuni frame che abbiamo isolato dalla telecamera a circuito chiuso posizionata all'interno del locale dove si è consumato l'omicidio.

Mi dispiace, ci serve per capire. Veda se riesce a notare qualche elemento familiare, riconoscibile.»

Faccio cenno al tecnico di far partire le immagini. Si vede entrare Bordoni e completare l'operazione di prelievo. Proprio sulla porta, mentre sta uscendo, gli sfila accanto un uomo con un cappellino da baseball nero, occhiali da sole e uno scaldacollo tirato su fino al naso. Senza nessuna esitazione, si gira su se stesso in modo da essergli alle spalle e gli taglia la gola trapassandola da una parte all'altra. L'assassino si china sul corpo e lo trascina all'interno. Restano ben in evidenza per alcuni secondi il nome e il numero sulla maglia del Chievo. Poi esce. La ragazza si protende verso il monitor, mi rendo conto che si sta sforzando al massimo delle proprie capacità. La stessa scena è stata ripresa dalle telecamere poste all'esterno, dalle quali si vedono entrare e uscire dall'inquadratura i due.

«Mi dispiace, non si vede niente.»

«Non so, dalle movenze... non le fa venire in mente nulla?»

«No, mi dispiace. Davvero.»

«Va bene. Dunque voi vi trovavate lì a prelevare perché la vedova Bordoni aveva chiesto al figlio la somma di mille euro in contanti. Così, davanti a tutti. Non le è sembrata una richiesta strana?»

«Sì, ovvio. Marco ha provato a capire meglio, ma io... Sono stata io a dirgli di fare questo favore alla madre, è colpa mia!» Si accartoccia su se stessa, distrutta.

«Un'ultima cosa. Ha chiamato lei la vedova Bordoni appena ha trovato il corpo del figlio?»

«Sì, ho preso il telefono dalla tasca di Marco, non sapevo cosa fare e ho cercato il suo numero senza pensarci. Avrei dovuto chiamare i soccorsi, ma ho capito che non c'era più niente da fare. Ho sbagliato, lo so. Eravamo appena stati da lei...»

«Mi duole molto doverla informare che la signora si è tolta la vita lanciandosi dal balcone.»

Beatrice Crivellante fissa me, poi il commissario, di nuovo me. Sembra incredula.

«Io... ma come? Cioè, no... cos'ho fatto?!»

«Non è stata colpa sua. Sono dell'idea che la signora sarebbe crollata anche se glielo avessimo comunicato noi.»

È stravolta, dilaniata dal dolore. Abbiamo finito. Scambio un'occhiata col commissario e congedo la testimone. Domando a un collega di accompagnarla a casa e di assicurarsi che arrivi sana e salva. Lei rifiuta l'offerta.

«Ho soltanto bisogno di prendere una boccata d'aria. Preferisco tornare da sola. La ringrazio.»

«È sicura? Se vuole l'agente può aspettarla, faccia pure con calma.»

«Davvero, è gentile, ma preferisco così.»

La osservo uscire dalla stanza camminando a testa bassa. Si trascina verso le scale. So che per lei non sarà facile superare il trauma. Non lo è mai.

Restiamo soli io e il commissario. Chiudo la porta alle mie spalle.

«È strano, non le pare?» fa lui.

«Senza dubbio. L'assassino è chiaramente lo stesso dell'altro giorno, si sta divertendo a tirarmi in mezzo. Non ha lasciato un biglietto, nulla in cui faccia capire le sue intenzioni.»

«Ormai siamo finiti sulle prime pagine di tutti i giornali e telegiornali. Un serial killer a Milano è una notizia forte. Com'è possibile non avere ancora in mano niente? Aveva già convocato Bordoni?»

«No, l'avrei fatto stamattina.»

«Le devo le mie scuse, ho dubitato seriamente della sua posizione.»

«Il suo ruolo le impone di non tralasciare nessun dettaglio, non è un problema.»

«Adesso, però, dobbiamo capire chi, e soprattutto perché, ha mandato un messaggio a lei e ha poi ucciso Bordoni. È un riferimento molto esplicito. Immagino che non abbiate conoscenze comuni, anche se la vostra partecipazione in trasmissione vi ha sicuramente associati e messi in primo piano.»

«Non so cosa pensare. Ho la sensazione che stavolta riceveremo una rivendicazione, una spiegazione di un gesto tanto eclatante. Ha voluto mettere in chiaro le cose e ci sta sfidando in maniera fin troppo esplicita. Forse ha voluto punire Bordoni perché reputa che abbia raccolto una popolarità che non gli spettava, voleva che fosse attribuita solo a lui. Poteva considerarlo una sorta di usurpatore.»

Il commissario mi squadra assorto, come se la mia fosse una rivelazione. «Aveva ragione Barzagli quando mi ripeteva che lei ha un grande intuito, che non potevamo rischiare di perdere.»

Che pure lui abbia saputo del mio scheletro nell'armadio? Non è stato chiaro e preferisco lasciar cadere l'argomento.

Usciamo dalla sala colloqui, ognuno immerso nei suoi pensieri.

Appena rientrato alla mia postazione, ricevo la telefonata dalla guardiola all'ingresso, dov'è stato consegnato un plico indirizzato a me, senza mittente. Il collega mi chiede se deve attivare la procedura per i pacchi sospetti. Gli rispondo di aspettarmi. Infilo i guanti e mi precipito di sotto.

Una volta recuperata la busta, salgo le scale tre alla volta e busso alla porta del commissario Guarini. Entro col fiato in gola senza attendere il suo *avanti*.

«Avevo ragione. È appena stata recapitata una lettera indirizzata a me. Il timbro postale è di stamattina. Volevo aprirla con lei prima di passarla alla Scientifica, anche se sono dell'idea che non troveranno niente, se è come penso.»

Attendo il suo assenso prima di procedere con accortezza usando il taglierino. Si protende verso di me e mi fa un gesto con la mano senza bisogno di aggiungere altro.

Mi aspettavo di trovare le letterine raccolte dai giornali come si vede in alcuni film, ma c'è solo un messaggio battuto al computer:

Ho provato a inventare un crittogramma, per farvi avere un messaggio simbolico, qualcosa di mai visto prima. Poi ho pensato che avreste dovuto scomodare qualcuno all'FBI perché non ci sareste mai arrivati e ho desistito. Non mi avete nemmeno dato un nome, come a ogni serial killer che si rispetti. Sembra che lo facciano in America, dalle nostre parti no. Un vero peccato questo provincialismo.

Voglio subito sgombrare il campo da possibili equivoci e darvi una prova di chi io sia senza ombra di dubbio: per gli ultimi omicidi, quando avete rinvenuto l'arma, si trattava di un coltello da caccia fisso con lama da 13 centimetri. GRIP SIKA 130. L'ho preso alla De-

cathlon, davvero un ottimo prodotto. È un dettaglio che non avete comunicato, dando per scontato che lo abbiate almeno identificato!

Non vi svelerò le mie motivazioni, né saprete mai chi sono. Sto valutando di lasciare Milano, ho bisogno di una pausa. Un giorno, chissà, tornerò. O forse no. Dopotutto, perché aiutare un branco di incapaci come voi? Restate all'erta!

Osservo il commissario, che fissa il foglio con la mascella serrata. Ha acquisito un colorito rossastro che si fa sempre più acceso. Ho la sensazione che sia furibondo, sul punto di esplodere. Si alza di scatto e si dirige verso la finestra, che spalanca. Entra un flusso d'aria gelida. Resto in attesa. Lui sembra voler prendere fiato e sbollire. Comincia a parlare dandomi le spalle, guardando verso il cantiere della M4.

«Temevo che, vista l'eco mediatica, avremmo ricevuto missive di mitomani. Il killer non ha mai dato prova di voler comunicare con noi se non attraverso la maglia del suo omonimo. Adesso questo figlio di puttana ci prende pure per il culo! Voglio che la faccia leggere al più presto al dottor Fichera, il consulente informale di Barzagli, e la faccia valutare da lui. Conosce il caso e sa che è necessaria discrezione. Voglio che ci parli di persona. È tutto.»

«Faccio una foto e lascio poi l'originale alla Scientifica. La terrò aggiornata.»

Eseguo l'ordine perentorio che ho ricevuto, dopo aver inserito lettera e busta nella plastica delle prove ed essere passato dall'ufficio di Grignani, che per fortuna è fuori per dei rilievi.

A quest'ora conto di arrivare senza perdere troppo tempo in Vespri Siciliani. Lo psicoterapeuta di fiducia di Barzagli mi è sembrato sorpreso di sentirmi al telefono. Mi è parso opportuno preannunciare la mia visita. Si è reso disponibile senza tentennamenti. Scendo le scale, senza fretta.

Esco sul piazzale e ne approfitto per una boccata d'aria fresca. Per andare a recuperare la macchina mi dirigo verso il parchetto a due passi, anche se in effetti è più una striscia di prato con qualche albero che un parco vero e proprio. Una signora sta raccogliendo i bisogni di un labrador nero, la mia razza preferita. Francesca non ne vuole sentir parlare, ma appena riusciremo a trasferirci nella nuova casa, con il giardino, non mi potrà più dire di no.

Sipario

Ispettore Lupatelli
Avevo bisogno di riflettere per trovare un modo di uscirne pulito.

La vedova Bordoni è sempre stata la chiave. Aveva ragione Barzagli, lei sapeva e lo aveva protetto. E avrebbe continuato a farlo. Chi meglio di lei mi avrebbe potuto aiutare? Ieri ho provato a gettare l'amo, sicuro che avrebbe abboccato.

«Buon pomeriggio, signora. Sono l'ispettore capo Lupatelli. Si ricorda di me?»

«Come dimenticarla? Le devo tutto.»

Ironia?

«Non ho troppo tempo e so che lei conosce la verità quanto me. Il commissario, il mio superiore, vuole interrogare suo figlio. Inutile che le spieghi cosa comporterebbe, per entrambi. Dopo la scena in diretta sui social rivolta chiaramente a me, non sono riuscito a trovare una giustificazione valida. Se venisse fuori che ho sbagliato tutto, la mia carriera sarebbe finita, ma questo è un problema mio. Per suo figlio, invece, butterebbero per sempre la chiave. E questo è un problema anche suo. Ora, io potrei costruire delle verità alternative, soltanto che mi servono dei soldi. Non posso garantirle niente, ma posso almeno provarci. Ho saputo da poco che mia moglie aspetta un bambino. Capisce bene quanto sono coinvolto in prima persona.»

Un'idea che mi è venuta al momento, mi è parso un appiglio in più affinché si fidasse delle mie intenzioni. Ho lasciato trascorrere qualche secondo di silenzio.

«Sono disposto a metterci una parte, ma mi servono velocemente mille euro per iniziare. Pensa di potermeli far avere per... al massimo domattina?»

«Certo, capisco. Va bene, tutto quello che serve. Stasera mio figlio verrà qui a cena, devo inventarmi una scusa per cui non si insospettisca. Domattina avrò quanto mi ha chiesto.»

La signora è più sveglia di quanto immaginassi. Soprattutto, mi ha fornito l'informazione che mi occorreva. Ho risolto la questione del dove e del quando, tutto il resto verrà da sé.

Sapevo che avrebbe eseguito senza porsi tante domande. Ho usato le precauzioni di routine e ho chiamato da un numero della solita partita di SIM sequestrate.

Ho manipolato la madre per fare in modo di avere un elemento più che fondato affinché Bordoni si trovasse a favore di telecamera per mettere in scena la mia verità alternativa. Tutto sommato, ho fatto il mio dovere e ho svolto un compito utile per la società: ho tolto di mezzo un pluriomicida.

Ho provveduto a imbucare una lettera anonima destinata a me stesso, con cui mi sono divertito non poco immaginando la faccia che avrebbe fatto il commissario Guarini quando l'avrei letta insieme a lui. Mi è parsa la maniera adeguata per confondere le acque e sviare senza ombra di dubbio ogni sospetto sul mio operato.

Mi sono appostato dal tardo pomeriggio, per non rischiare di non trovare un parcheggio da cui godere di ottima visuale, di fronte alla banca più vicina, fuori dal raggio delle inquadrature. Non potevo esserne sicuro, ma contavo con un certo margine di certezza che si sarebbe fermato lì per prelevare e riportare i soldi senza perdere tempo, essendo l'unico bancomat della zona.

Non ho sbagliato. Ero in posizione da ore quando l'ho visto fermarsi con le quattro frecce a un centinaio di metri da me.

Ho aspettato che entrasse, prima di scendere dalla macchina e completare l'opera. Non è stato complicato tagliargli la gola, non se l'aspettava. Ho soltanto colto il momento giusto mentre usciva dalla banca, in modo da essere ben in vista dalle telecamere a circuito chiuso, e senza dover usare il mio bancomat per accedere. L'ho trascinato dentro e sono uscito, prestando attenzione a tenere sempre la testa bassa.

Di nuovo all'esterno, ho attraversato a distanza dalla Corsa, di traverso sul marciapiede con le luci lampeggianti, e ho notato una ragazza sul sedile del passeggero, concentrata sul cellulare. In pochi passi sono entrato nel parchetto dall'altro lato della strada e ho scavalcato sfruttando un cancello alle spalle di via Fermi 23, confinante con il 15. Ho citofonato alla vedova Bordoni.

«Signora, sono Lupatelli. Mi apra.»

«Marco non è ancora tornato, è uscito da poco per recuperare ciò che lei mi ha chiesto.»

«La situazione si è fatta molto più complicata. Ho bisogno di parlare con entrambi con estrema urgenza. Lo aspetto insieme a lei.»

Il portone è scattato.

Appena ho aperto l'anta dell'ascensore, l'ho trovata lì ad attendermi.

«Cosa succede? Marco sta tornando, non so se è il caso che la trovi qua.»

«Si calmi, signora. Venga, si sieda. Apro la porta per far girare un po' d'aria, si soffoca.»

Ero già stato in quella cucina, la ricordavo bene. Il secondo interrogatorio insieme a Barzagli, la sua intuizione, i miei dubbi.

Non avevo certezze, contavo sullo stato di panico in cui si sarebbe trovata la ragazza che avevo scorto in macchina, davanti alla scoperta del cadavere del proprio compagno. Auspicavo, concedendomi buone probabilità di riuscita, che lei chiamasse la vedova Bordoni, che aveva salutato da una decina di minuti soltanto e da cui sarebbe dovuta ritornare. Ironia della sorte, non era proprio il mio predecessore a lodare spesso il mio intuito, l'istinto verso i comportamenti più comuni da aspettarsi dalle persone?

Ho sentito squillare il telefono. Mi sono alzato e ho osservato da vicino la reazione di una donna sull'orlo del baratro.

«Bea, non capisco... Calmati! Cos'è successo?!»

Il telefono le è caduto dalla mano. Mi ha fissato, impietrita.

L'ho afferrata per la spalla destra e, spingendola, l'ho trascinata verso il balcone senza difficoltà. Non prevedevo che si puntasse al mobile della televisione, facendo leva col braccio. Ho perso l'equilibrio per un istante e ho urtato con il gomito i piatti sporchi sul tavolo, che sono caduti a terra provocando un fracasso di cocci rotti.

«Gran figlio di puttana!»

Non avevo ormai alternative. Mi sono avventato su di lei a peso morto e l'ho spinta verso il balcone, approfittando della portafinestra che mi ero premunito poco prima di aprire, simulando una normale richiesta. Non ci è voluto molto a farle scavalcare il parapetto e a scaraventarla di sotto, nonostante si divincolasse con tutte le sue forze. Se avesse urlato avrebbe attirato l'attenzione dei vicini e sarebbe stato un problema, ma per fortuna non ne ha avuto la prontezza.

Mi sono sporto verso il vuoto osservando il corpo sparire nel buio. Mi sono chiesto per un istante se Marco avesse provato la stessa sensazione lasciando cadere il capellone a Cesano. Dovevo però restare concentrato sull'obiettivo, non potevo fermarmi per riflettere né rischiare di rovinare tutto per comprendere perché non mi sentissi in colpa come avrei invece dovuto.

Ho ripreso l'ascensore per evitare che qualcuno si ricordasse di un uomo di corsa lungo la tromba delle scale o mi scorgesse attraverso uno spioncino.

Percepivo la tensione viva di non riuscire a mantenere tutto sotto controllo. L'ora era già tarda, ma il rischio d'incrociare qualcuno rimaneva presente. Giunto al piano terra, ho aspettato ad aprire lo sportello, cercando di comprendere il contesto esterno ed evitare sorprese. Poi ho spinto l'anta e sono uscito dal retro del palazzo.

Una boccata d'aria fresca mi ha invaso i polmoni, ma non c'era di nuovo tempo da perdere. Ho preferito tornare da dov'ero venuto, scavalcando in senso opposto verso il parco retrostante il condominio. Non potendo far leva sul muretto, l'operazione si è rivelata più complessa di quanto prevedessi e mi sono così graffiato su uno degli spuntoni della ringhiera di cinta.

Sono un poliziotto, io. Non siamo così meticolosi e, soprattutto, non abbiamo la bacchetta magica. A nessuno sarebbe venuto in mente di operare dei rilievi in quel punto. Perché mai? Dopotutto, la vedova Bordoni non aveva retto alla notizia della morte del figlio e si era lasciata cadere nel vuoto. Semplice, lineare.

Una volta in macchina, ho tolto i guanti e ho respirato a lungo. Mi sono sentito stanco, svuotato. Mi pesava persino girare la chiave dell'accensione. Ho incrociato i miei occhi nello specchietto retrovisore e ho avuto l'impressione di vederli spenti.

Dovevo arrivare a casa. Avevo solo bisogno di riabbracciare Francesca.

E fare l'amore con lei.

Mentre mi dirigo alla mia macchina, vedo all'angolo Beatrice Crivellante appoggiata al paletto verde del posto per i disabili. Sembra più serena di quanto mi attendessi.

«Tutto bene?»

«Sì, la ringrazio. Avevo detto che mi serviva prendere una boccata d'aria. Credo di essermi ripresa, per quanto possa essere possibile per chi ha appena perso l'amore della propria vita.»

«Lo so, è difficile. Passerà, ma ci vorrà del tempo. Purtroppo ho visto tante persone nella sua situazione e so bene che all'inizio sembra non esserci più un senso. Un po' alla volta, però, anche le ferite più dolorose possono cicatrizzare.»

«In realtà, la stavo aspettando. Speravo che sarebbe uscito, almeno per il pranzo. Marco mi ha parlato di lei, sa? La stimava molto.»

Prende una pausa, si accarezza la pancia. Noto i suoi occhi inumidirsi.

«Sa cosa mi fa più rabbia? Ho un ritardo! L'ironia della sorte è che se dovessi essere incinta, be'... non potrà mai saperlo. Stavo aspettando il ritorno a casa per fare il test insieme, con lui.»

Non potevo immaginarlo. Resto spiazzato.

«Senta, ho un impegno, posso prendermi giusto cinque minuti di pausa. Se le va, posso offrirle un caffè dall'altra parte della strada, appena oltre il cantiere.»

«Volentieri, la ringrazio. È una buona idea.»

M'incammino verso la striscia d'erba che separa il commissariato da largo Brasilia. Con la coda dell'occhio percepisco la presenza di Beatrice farsi molto vicina. Mi fermo, curioso.

Sento il suo alito avvicinarsi al mio orecchio, il respiro accarezzarmi la barba incolta. Percepisco un risveglio spontaneo dentro le mutande.

Lei comincia a sussurrare, con un filo di voce: «La notte scorsa ho alzato gli occhi per un attimo dal cellulare e ho visto un uomo che si toglieva il cappellino e una specie di sciarpa. Mi ha colpito, e mi è rimasta impressa la sua faccia. Ancora non sapevo cosa fosse successo, adesso sì».

Mi giro per allontanarla, ma lei è più veloce di me. Sento qualcosa scorrere sotto il mento. Mi porto le mani alla gola. Non respiro. Percepisco parole che sembrano venire da lontano.

«Le confiderò un segreto che si porterà all'inferno: quando ho ucciso quella puttana di Samantha, non ho provato la stessa soddisfazione.»

Buio.

Ringraziamenti

Il buio della ribalta è il naturale seguito de *Il dolce sorriso della morte*, nato per essere autonomo e autoconclusivo. L'idea è partita da Fabrizio Carcano, direttore editoriale della collana Giungla Gialla di Mursia di cui ho il piacere di far parte, che non ringrazierò mai abbastanza per avermi voluto a bordo ed essersi speso per me. Durante l'ultimo giro di editing del precedente libro mi ha detto che il personaggio di Marco avrebbe potuto continuare a evolversi. È stata per me una sfida, perché ho dovuto cambiare registro e inserire elementi nuovi. Da questo punto di vista il primo spunto mi è arrivato dal collega e amico Simone Pavanelli: la vocina nella testa del protagonista è diventata quella di Barzagli grazie a lui. Ci tengo a svelare questo retroscena perché in Giungla Gialla accade anche questo, che uno scrittore in gamba come Simone si metta al servizio con suggerimenti e consigli davvero preziosi, che non posso dimenticare.

Il mio migliore amico Michele Crespi, con cui ho condiviso i dieci mesi di servizio civile alla Lega Tumori, mi dà sempre la possibilità di entrare nei personaggi dal punto di vista psicologico. Senza non sarebbero gli stessi.

Cristina Papanice è capace di critiche costruttive come di rado si incontrano, il confronto con lei è sempre stimolante e mi ha permesso di sviscerare meglio diversi aspetti della prima stesura.

Ho conosciuto Beatrice Crivellaro, da cui ho preso chiaramente in prestito il nome, solo quello, per Bea la tassista, durante un firmacopie al Libraccio sui Navigli. È stato uno di quegli incontri che ti regala il destino. Il suo entusiasmo contagioso, oltre alle comuni passioni che abbiamo scoperto di avere, senza dimenticare la sua preparazione in criminologia, mi hanno spinto a chiedere anche a lei una lettura in anteprima e i suoi spunti sono stati per me preziosi.

Ultima, non certo per importanza, Valeria Rivabella. Qualche tempo fa, dopo aver letto e apprezzato il mio libro, mi ha chiesto un'opinione rispetto a un suo romanzo. Purtroppo il tempo, fra le tante incombenze quotidiane, non è mai sufficiente e ho iniziato a leggerlo fra un impegno e l'altro. Sono rimasto rapito dal suo stile, dalla sua capacità di descrivere ambienti e farti sentire veri, tangibili, i personaggi. Mi sono permesso di chiederle un'opinione in anteprima ed è andata molto al di là di ogni mia aspettativa. Non solo perché ha riletto almeno quattro volte il testo, ma perché mi ha permesso di cambiare ritmo, oltre ad avermi aperto la strada per il finale all'ultima riga. Grazie è riduttivo, ma indispensabile.

Tutto questo per dire quanto sono stato fortunato ad aver incontrato sulla mia strada persone che mi stimolano e riescono a tirare fuori il meglio dalle storie che decido di raccontare.

Il bimbo del primo capitolo sono io. Rappresenta un mio personale omaggio a *Le ceneri di Angela*, il capolavoro di Frank McCourt che ho amato come pochi altri. Dovevo raccontare chi era Marco per chi ancora non lo conosceva e ho pensato a un modo diverso dal solito. Non è l'unico passaggio dove ho deciso di inserire un riferimento molto personale più ancora, forse, dei traumi della mia infanzia. Chi mi conosce o ha sentito parlare della mia storia non avrà avuto difficoltà a capire di cosa stia parlando. Non l'ho fatto per manie di protagonismo, ma perché ho pensato che nella vita, in fondo, ho vissuto esperienze molto più dure di quelle che hanno portato il personaggio che ho inventato a uccidere senza provare niente. Forse è il mio modo per rappresentare che un'altra via è possibile, perché ci sono passato e posso dirlo senza timore di essere smentito.

Un grazie particolare va ad Alessandro Vizzino, che ha curato l'editing, elemento imprescindibile che può mettere in discussione ogni aspetto per renderlo il migliore possibile. Ho apprezzato, in particolare, le critiche dirette e precise. È proprio da questo tipo di confronto che si ha l'occasione di crescere.

Essere entrato a far parte della scuderia di una casa editrice storica come Mursia è stato per me un grande onore, aver conosciuto e apprezzato in questi anni le persone che ci lavorano, sempre pronte a sostenere e aiutare noi autori, ha rappresentato una piacevole sorpresa. Mi auguro che questo sodalizio possa andare avanti a lungo.

Prima della dedica finale, ci tengo a ringraziare le lettrici e i lettori che sono stati capaci di emozionarmi come poche altre volte nella mia vita. È grazie a ognuno di voi se trovo lo stimolo per scrivere ogni notte, al buio, nel silenzio della mia sala.

Non posso citare tutti, ma mi preme ricordare le librerie indipendenti Il Domani, un posto in cui si respira storia e non ci si annoia mai insieme alla signora Luisa e a Ivano; Il Covo della ladra di libri, il punto di riferimento in città per tutti gli amanti del noir e del giallo, in cui Mariana e Barbara sanno condurre il lettore per mano, in una esperienza cucita su misura per ognuno; La linea di confine, da sempre a Baggio, e la Tiziana che ho citato nel testo è l'instancabile e sempre disponibile libraia; e la libreria Namasté di Tortona, che ho scoperto grazie agli amici Andrea e Alessandra Tosi, animata e gestita da una potenza della natura come Francesca. Citazione speciale va a un altro collega, disponibile come pochi altri, Salvo Fuggiano, che ho avuto la fortuna di andare a trovare nella sua libreria di Massafra; alla libreria più piccola di Milano, Vento di libri, in cui ho avuto il piacere di incontrare diverse lettrici di uno dei gruppi di lettura messi in piedi dalla vulcanica Antonia; e alla libreria La Ciurma di Torino, un gioiellino. Un saluto va anche al mio omonimo della Ubik di Stezzano e a Mauro Cremon, una vera e propria istituzione della Feltrinelli di Duomo, persona di un'attenzione e sensibilità d'animo che si incontrano di rado.

È grazie alla passione, all'impegno, e alla capacità di mettersi in gioco di eroi moderni come chi lavora con i libri se tutti noi possiamo leggere e viaggiare con la fantasia.

Non posso dimenticare l'avventura con l'"Associazione difesa donne: noi ci siamo", che ho fondato insieme a Maria Teresa d'Abdon, madre di Monica

Ravizza, amica di mia moglie e vittima di femminicidio. Mi preme citare Alice Grati, sceneggiatrice e regista come poche, che è diventata un'amica preziosa. Grazie a lei siamo riusciti a mettere in scena uno spettacolo che stiamo portando in scuole, oratori, aziende e periferie per lavorare sulla prevenzione nel contrasto alla violenza di genere. Senza i miei attori preferiti Francesca Macci e Nino Faranna non sarebbe stato possibile. È un tema che mi sta molto a cuore e che intendo continuare a portare avanti perché ci riguarda davvero tutti.

Dedico questo libro a chi ha cambiato la mia vita: ai miei figli Francesco e Yuri, che da quando sono entrati nella nostra famiglia l'hanno resa speciale, insieme a mia moglie Anna Lisa, senza il cui costante supporto e confronto non sarei l'uomo che sono.

Indice

GIUNGLA GIALLA. QUANDO IL GIALLO CIRCOLA IN CITTÀ

Solo versione e-book

Giungla Gialla

AA. VV.
Accùra
Racconti al profumo di Sicilia scelti da Roberto Mistretta

Rocco Ballacchino
Indagine parallela
Uno spietato omicida, un macabro ricatto sotto il cielo di Torino

Rocco Ballacchino
I due volti della verità
Torino, Luca Moretti indaga ancora

Gian Luca Campagna
Mediterraneo nero
Un ingegnere scomparso. Navi dei veleni affondate nel Mare Nostrum. Una killer sentimentale. E un giornalista troppo curioso

Gian Luca Campagna
In viaggio con la morte
Un cold case per il giornalista Gianni Colavita

Pier Emilio Castoldi
Il colpo perfetto
Ludo Mayer indaga tra Milano e il Monferrato

Claudio Chiaverotti - Pierluigi Porazzi
Il re delle fate d'autunno
In fondo alle filastrocche è sempre buio

Diego Collaveri
Nel silenzio della notte
Tre donne invisibili in cerca di redenzione. Una Livorno sporcata di sangue innocente

Giacomo Faenza
Ciao ciao commissario
Dove, senza rivelare troppo, si fanno incontri prodigiosi e Pirrone dà prova di grande acume

Salvo Fuggiano
Le ninfe Naiadi
Quando hai incontrato il male, lui cammina con te

Fabio Giorgino
Le ragioni della follia
Taranto. Un serial killer marchia le sue vittime con un fiore di loto. Per il commissario Spiro Fusco un'indagine tra il male di oggi e i demoni del suo passato

Fabio Giorgino
Echi sinistri
Una nuova indagine del commissario Spiro Fusco

Matthias Graziani
La voce del crepaccio
Il Gletschmann si risveglia con la prima neve. È un assassino inarrestabile, partorito dal ventre più profondo delle Dolomiti

Daniele Grillo - Alessio Piras
Il suono della colpa
Genova. L'omicidio di un liutaio. Le ferite di una strage che sconvolse il Paese. Una postina che va oltre la superficie

Daniele Grillo - Alessio Piras
ULTIMA TAPPA RATLINE
Genova. L'omicidio di una spia croata. Verità scomode affiorano dal passato. Una postina che non smette di indagare

Paola Iannelli
UNO SGUARDO INNOCENTE
Un delitto misterioso agita il cuore di Napoli

Laura Marinaro
MAREMOTO A VARIGOTTI
Un mistero lungo cinquant'anni corre da Milano alla Riviera

Laura Marinaro
LA FANCIULLA DEGLI ORI
Un'indagine da Milano ad Altamura, tra delitti e una maledizione millenaria

Marco Marinoni
FOLLIA A DUE
Torino. Dietro i delitti del «Killer del fiume» si nasconde un'altra verità

Marco Marinoni
LA MEMORIA DEL MALE
Il passato è un luogo buio, abitato da ombre e fantasmi

Marco Marinoni
L'ORIGINE DEL MALE
La nuova mafia del mattone vuole la Liguria

Marco Marinoni
L'EPATOLOGO
Un serial killer a Roma: la capitale vive nell'incubo

Adriano Morosetti
IL BREVE MESTIERE DI VIVERE
Sanremo non è solo Festival

Simone Pavanelli
LA LEGGENDA DI MARINELLA
Le streghe danzano nelle nebbie del Polesine

Wainer Preda
LE GOCCE SUL VETRO
C'è un segreto mortale fra le montagne bergamasche. E porta fino a Praga

Annalisa Stancanelli
MISTERO SICILIANO
Per la tomba di Archimede si può uccidere

Annalisa Stancanelli
IL MISTERO CARAVAGGIO
Per un quadro si può uccidere

Simone Valmori
IL FIGLIO DI LEONARDO
Il segreto di Caterina Sforza torna a macchiarsi di sangue

Letizia Vicidomini
LA RAGAZZINA RAGNO
Ombre e segreti nella città del sole. Una giovane vittima, un commissario in pensione, una donna in cerca di una dolorosa verità tra i vicoli di Napoli

Letizia Vicidomini
DAMMI LA VITA
Partitura di sangue e note a Napoli

Alessandro Vizzino
LA ZANZARA DAGLI OCCHI DI VETRO
Roma non è ciò che sembra, neanche per Valentino Mastro

Alessandro Vizzino - Simone Pavanelli
L'OMBRA DEL LUPO GRIGIO
Le tante facce di Hitler nello specchio di Valentino Mastro

GIUNGLA GIALLA MILANO

Erica Arosio - Giorgio Maimone
MACERIE
Greta e Marlon e la strage delle lucciole

Erica Arosio - Giorgio Maimone
MANNEQUIN
Per Greta e Marlon il delitto è di moda

Fabrizio Carcano
I DELITTI DELLO ZODIACO
Dalla California arriva il più feroce serial killer mai apparso sulla scena. E a dargli la caccia è i commissario Maspero

Fabrizio Carcano
IL KILLER DELL'APOCALISSE
Acqua, aria, terra e fuoco: quattro elementi per un assassino

Roberto Ottonelli
IL DOLCE SORRISO DELLA MORTE
Un uomo, i suoi demoni

Roberto Ottonelli
IL BUIO DELLA RIBALTA
Un assassino senza pace nella periferia milanese

Gianluca Veltri
LA REGOLA DEL CAOS
Per l'ispettore Crespo e la sua squadra

e·GIUNGLA GIALLA

Rocco Ballacchino
ULTIMA POSSIBILITÀ
Un testimone scomodo tra le strade di Torino

Gabriele Cantella
IL SANGUE DI GIUDA
Tutti abbiamo una scelta? In una Gela osservante e dissacrante Giovanni Alma cerca un risposta

Roberto Guerzoni
COMBINAZIONE ASTRALE
Una spirale di odio, vendetta, denaro e sesso all'ombra delle due torri di Bologna

Giorgio Maimone
SOLE SU BRERA
La prima rovente indagine milanese di Filippo Marro

Giorgio Maimone
PIOGGIA A BRERA
La seconda indagine di Filippo Marro

Giorgio Maimone
NEBBIA SU BRERA
Visibilità zero per Filippo Marro

Angelo Marenzana
UNA MORTE SENZA VALORE
Il crimine viaggia tra Genova e le nebbie alessandrine

Massimo Occhiuzzo
PROFUMO DI BLU
Un killer gentiluomo uccide nelle notti di Roma

Printed in France by Amazon
Brétigny-sur-Orge, FR

31955814R00154